W0288996

Über das Buch »Nicht Passionen stehen im Vordergrund, alles dient ihm zur Reflexion über Fragen des Seins und der Zeit. Die Lyrik Joseph Brodskys zeichnet ein pessimistisches geschichtliches Weltbild: Liebe verschwindet, wertvolle Denkmäler werden zerstört. Nur die Sprache der Dichtung widersteht der alles verschlingenden Zeit.« (Kerstin Holm in der *Frankfurter Allgemeinen Zeitung*)
Im 2. Jahrhundert nach unserer Ära spielt das bislang einzige Stück von Joseph Brodsky. Publius und Tullius, zwei Römer, sitzen in einem der oberen Stockwerke eines riesenhaften Gefängnisturms, umgeben von marmornen Büsten der klassischen Dichter, und streiten. Für den einen ist die komfortable Behausung mit TV und Telefon und regelmäßigem Essen nichts als ein Kerker, für den weiseren Publius ist diese Zelle ein Sinnbild, die Zeit zu begreifen.
Der Raum, in dem die beiden ihr unendliches Endspiel sprechen, ist außerhalb der Zeit: Vor den Fenstern wird Natur über Kameras simuliert, Essensgerüche werden in die Zelle geleitet, die Illusion von Wirklichkeit ist perfekt. Und überall stehen die Marmorbüsten der klassischen Dichter, die einst das reiche Leben der Menschen beschrieben haben.

Der Autor Joseph Brodsky, am 24. Mai 1940 in Leningrad geboren, verließ mit fünfzehn die Schule, lernte mehrere Sprachen, übersetzte und schrieb Lyrik. 1964 wurde Brodsky wegen »Parasitentums« zu fünf Jahren Zwangsarbeit verurteilt. Nach den Interventionen mehrerer Schriftsteller, darunter Anna Achmatowa, Kornej Tschukowskij und Konstantin Paustowskij, sowie heftigen Protesten in der westlichen Presse wurde Brodsky 1965 nach achtzehn Monaten Verbannung frühzeitig entlassen. 1972 wurde Brodsky zur Ausreise gezwungen und ließ sich in den Vereinigten Staaten nieder. Inzwischen unterrichtete er dort an mehreren Universitäten und war als Übersetzer tätig. Er veröffentlichte in russisch und englisch vier Gedichtbände, Essays, Erinnerungstexte und ein Theaterstück. 1987 erhielt er den Nobelpreis für Literatur.

Im Fischer Taschenbuch Verlag außerdem lieferbar: Joseph Brodsky *Gedichte* (Band 9232), *Erinnerungen an Leningrad* (Band 9539) und *Römische Elegien und andere Gedichte* (Band 9540).

Joseph Brodsky
Marmor

Aus dem Russischen von
Peter Urban

Fischer Taschenbuch Verlag

Veröffentlicht im Fischer Taschenbuch Verlag GmbH,
Frankfurt am Main, Januar 1991

Lizenzausgabe mit freundlicher Genehmigung des
Carl Hanser Verlags München Wien
© 1988 Carl Hanser Verlag München Wien
Titel der Originalausgabe »Mramor«
© Farrar, Straus und Giroux, New York
Umschlaggestaltung: Buchholz / Hinsch / Hensinger
Druck und Bindung: Clausen & Bosse, Leck
Printed in Germany
ISBN 3-596-29541-6

Marmor

I. Akt

Zweites Jahrhundert nach unserer Ära.
Die Zelle von Publius und Tullius: ein idealer Raum für zwei: ein Mittelding zwischen einem Einzimmer-Appartement und der Kabine eines Raumschiffs. Die Einrichtung: eher Palladio als Piranesi. Der Blick aus dem Fenster muß den Eindruck von beträchtlicher Höhe vermitteln (sagen wir, vorüberziehende Wolken), denn das Gefängnis befindet sich in einem riesenhaften stählernen Turm von etwa einem Kilometer Höhe. Das Fenster ist entweder rund wie ein Bullauge oder hat abgerundete Ecken wie ein Fernsehschirm.
Im Zentrum der Zelle eine Säule, dem dorischen Stil nachempfunden, oder ein Pfeiler, dessen Außenseite einen Lift verkleidet. Dieser Pfeiler verläuft durch den gesamten Turm, wie ein Kolben oder eine Achse. Er ist auch de facto die Achse: Alles, was während des Stückes auf der Bühne erscheint oder von ihr verschwindet, erscheint oder verschwindet durch eine in diesem Pfeiler befindliche Öffnung, die eine Mischung aus einem Speiseaufzug und einem Müllschlucker darstellt. Neben dieser Öffnung ist die Tür zum Hauptlift, die nur ein einziges Mal geöffnet wird: zu Beginn des 3. Akts. Zu beiden Seiten des Pfeilers die Alkoven von Publius und Tullius. Jeglicher Komfort: Badewanne, Tisch, Waschbecken, Klosett, Telephon, Fernsehapparat, der in die Wand eingelassen ist; Regale mit Büchern. Auf den Regalen und in Wandnischen die Büsten der Klassiker.

Es ist Mittag.

PUBLIUS, *ein Mann um die dreißig-fünfunddreißig, untersetzt, mit schütterem Haar, lauscht dem Gesang eines Kanarienvogels, der in einem Käfig auf dem Fensterbrett steht. Wenn der Vorhang aufgeht, verstreicht eine Minute, in der man nur den Kanarienvogel singen hört.*

PUBLIUS Ach, Tullius! Wie sagt der Dichter: was muß erst Gott im Paradiese hören, wenn uns hier, auf Erden, solche Klänge schmeicheln.

TULLIUS, *etwa zehn Jahre älter als Publius, hager, drahtig, eher blond, liegt, während der Vorhang aufgeht, in der Badewanne, der Dampf entsteigt, liest und raucht.*

TULLIUS *ohne von seiner Lektüre aufzublicken* Was für ein Dichter?

PUBLIUS Hab ich vergessen. Ein persischer, glaube ich.

TULLIUS Barbar. *Er blättert um.*

PUBLIUS Barbar – na und?

TULLIUS Barbar, Kameltreiber, Schwarzarsch, Hammelfleischfresser.

Pause; der Gesang des Kanarienvogels.

PUBLIUS *ahmt den Vogel nach* U-li-ti-ti-tju-u-u-u . . .

TULLIUS *dreht den Hahn auf; das Rauschen von einlaufendem Wasser.*

PUBLIUS U-li-ti-ti-tju-u-u-uu . . . Tullius!

TULLIUS Was?

PUBLIUS Hast du nichts mehr von dem Kuchen übrig?

TULLIUS Schau in meinen Nachttisch . . . Deinen hast du also aufgefressen. Tierfreund.

PUBLIUS Es war purer Zufall, Tullius, weißt du. Ich habe es nicht gewollt. Der Kuchen kam so unverhofft. Schon deshalb hab ich es nicht wollen können. Eigentlich wollte ich ihn aufheben. Ich meine, nachdem ich ihn aufgegessen hatte. Es kam alles so plötzlich! Seit ich sitze, habe ich keinen Kuchen mehr gesehen.

TULLIUS Und wirst auch keinen mehr sehen. So einen jedenfalls nicht.

PUBLIUS Ja? Und warum nicht?

TULLIUS Lies die Vorschriften. *Er schleudert das Buch zu Boden und streckt sich in der Badewanne aus.* Die haben da unten einen Computer, für die Essensabfolge. Das Essen kann sich nur alle zweihundertdreiundvierzig Jahre einmal wiederholen.

PUBLIUS Woher willst du das wissen?

TULLIUS Ich sagte: lies die Vorschriften. Da steht alles drin. Band zwei, Seite dreißig, Buchstabe »E« – Ernährung ... Ich rate dir, mach dich damit bekannt.

PUBLIUS Ich bin kein Masochist.

TULLIUS Ob Masochist oder nicht, liebster Publius, aber so einen Kuchen siehst du nie wieder. Bis ans Ende deiner Tage. Wenn du nicht Ahasver bist.

PUBLIUS Bin ich leider nicht ... Was sage ich?! Zum Glück nicht.

TULLIUS Schau in meinen Nachttisch. Armer Kanarienvogel ...

Publius geht zum Alkoven von Tullius, öffnet die Tür des Nachttischs, kramt darin herum; fördert ein Stückchen Kuchen zutage, betrachtet es eine Weile; dann schlingt er es plötzlich herunter.

TULLIUS *schreit empört auf und steigt aus der Wanne* Was machst du da, Scheißkerl! Das war für den Kanarienvogel! *Er beruhigt sich unvermittelt wieder.* Aber ich habs ja gewußt. Immer dieselbe Geschichte. *Er steigt zurück in die Wanne.* Erst läßt du die Katze verrecken, dann die Goldfische. Dann das Kaninchen. Und jetzt ist der Kanarienvogel dran ...

PUBLIUS Das ist nicht wahr, Tullius! Ich habe es nicht gewollt . . .

TULLIUS *hebt sich an den Armen auf den Wannenrand* Und hast du je daran gedacht, daß der arme Vogel vielleicht noch nie im Leben einen Kuchen gesehen hat?

Publius wankt niedergeschlagen zum Fenster, klopft mit dem Finger an den Käfig.

PUBLIUS U-li-ti-ti-tju-u-u-u . . .

Der Kanarienvogel antwortet nicht.

PUBLIUS U-li-ti-ti-tju-u-u-u . . . Und was nun? Warten wir aufs Abendbrot, ja? *Er führt ein Selbstgespräch.* Obwohl, zum Abendessen – hm – haben die immer etwas Besonderes – irgendeine leckre Schweinerei, um den Magen anzuregen – noch nie, daß ich keinen Appetit gehabt hätte – das machen die, damit wir länger leben – seit ich sitze, hatte ich noch kein einziges Mal Verstopfung – – – Ja-a-a, der Computer – soll ich dich rauslassen, ja? *Pause.* Tullius!

TULLIUS Was denn?

PUBLIUS Sollen wir ihn rauslassen, hm?

TULLIUS Von mir aus.

PUBLIUS Andererseits – er singt.

TULLIUS Leck mich am Arsch.

Pause; Publius geht zum Telephon, hebt den Hörer ab, wählt eine Nummer.

PUBLIUS Herr Praetor? Hier Publius Marcellus von 1750.

Sie wissen, ich habe hier diesen kleinen Vogel. Ja, Kanarienvogel. Sehn Sie mal, kann ich für den nicht ein bißchen Hirse oder Hanfsamen kriegen ... Ja-ja, Hirse wäre am besten. Wa-as? Die ziehen Sie von meiner Ration ab? Sie meinen, hundert Gramm weniger Hauptgericht? Aber erlauben Sie ... Ach so-o-o! Ja. Verzichte. *Er wirft den Hörer in die Gabel.* Drecksack!

TULLIUS Was ist?

PUBLIUS Der Scheißlift ... Wissen Sie, er funktioniert nur nach genau austariertem Gewicht, kein Gramm mehr, keins weniger ... Also halbiere ich Ihr Hauptgericht, sagt er. Der Praetor. Scheißkerl.

TULLIUS Und was gibt es heute als Hauptgericht?

PUBLIUS *drückt einen Knopf des Pults über dem Kopfende seines Betts und verfolgt den Text auf dem Bildschirm* Hahnenkamm.

TULLIUS Womit?

PUBLIUS Mit Meerrettich.

TULLIUS Hm.

PUBLIUS Ein Mal im Leben.

TULLIUS Sadisten.

PUBLIUS Vor allem der Praetor.

TULLIUS Der Praetor hat nichts damit zu tun. Es ist der Lift. Scheiße runter, Fraß rauf. Strengstens proportioniert ... Das Perpetuum mobile ... Ich möchte nur wissen, womit es angefangen hat ...

PUBLIUS Wie meinst du?

TULLIUS Was zuerst da war. Die Henne oder das Ei.

PUBLIUS Genau das werde ich den Herrgott fragen. Beim Jüngsten Gericht.

TULLIUS Barbar.

PUBLIUS War doch nur Spaß.

TULLIUS Trotzdem Barbar. Alle Gläubigen sind Barbaren. Die Zweifler desgleichen. Die besonders. Gib mir das Telephon.

PUBLIUS Bitte. *Er reicht Tullius das Telephon.*

TULLIUS Hallo. Herr Praetor. Hier Tullius Varro von 1750. Warum habt ihr mir einen Barbaren in die Zelle gesteckt? Er glaubt an Gott. Genauer, er glaubt nicht. Ja, ebenfalls an Gott. Hat das Komitee geschlafen? Dieser Mann ist kein Römer. Ja, da ist ein Fehler unterlaufen. Nein, sonst keine Beschwerden. Ach, so meinen Sie! Herr Praetor – Sie sind ein Stück Scheiße. Ich werde mich beim Senat beschweren. Doch, ich werde einen Weg finden. *Er hängt ein.*

PUBLIUS Was hat er gesagt?

TULLIUS Nichts zu machen, sagt er. Das Glaubensbekenntnis ist kein Kriterium. Ebenso wenig die Abwesenheit eines solchen.

PUBLIUS Und was ist ein Kriterium?

TULLIUS Physische Anwesenheit innerhalb der Grenzen des Imperiums plus Abwesenheit einer Alternative. Das heißt, wenn du nirgends mehr hin kannst. Das gilt, wie er sagt, seit dem letzten Dekret auch für Säugetiere.

PUBLIUS Ich sage dir ja, er ist eine Sau.

TULLIUS Nein, der Praetor hat damit nichts zu tun. Das sind alles die Scherze von Caligula. Der glaubt, er, als Namensvetter, könnte ... Außerdem sind die Komitees allesamt auf den Hund gekommen. In die Senatskommission für Bürgerrechte haben sie ein Pferd gesetzt, Samulus den Falben mit Namen. Ich bestreite ja nicht: unser Senat war immer besonders repräsentativ. Die gesamte Menschheitsgeschichte hindurch. Und jemand muß schließlich die Interessen der Tiere vertreten ...

Aber hier geht es um Bürgerrechte! Und dieser Samulus behauptet, die Daten des Rechenzentrums, über die man zu Tiberius' Zeiten verfügte, seien überholt.

PUBLIUS Das heißt?

TULLIUS Das heißt, das heißt! ... Das heißt, man hat festgestellt, daß zu allen Zeiten – unter den Pharaonen, bei den alten Griechen, in Rom, in der Epoche des Christentums, bei den Mohammedanern, bei den Schlitzaugen, und so weiter – daß zu allen Zeiten annähernd 6,7 Prozent jeder Generation hinter Schloß und Riegel gesessen haben. Auch wenn im späten Christentum der Prozentsatz dreimal höher gelegen hat. Aber wenn man das Ganze auf die gesamte Menschheitsgeschichte umlegt, kommt man auf 6,7 Prozent je Generation.

PUBLIUS Das ist nicht gerade viel ...

TULLIUS Genau so viel wie nötig ... Und aufgrund dieser Daten hat Tiberius bei uns, ein für alle Male, die Häftlingsquote festgesetzt. Das ist die wahre Justizreform! Oder etwa nicht? Aber Tiberius ist noch weitergegangen. Er hat diese 6,7 Prozent auf 3 Prozent herabgesetzt. Wegen der unterschiedlichen Strafmaße damals. Bei den Christen beispielsweise war der Zehnjahresfahrschein besonders beliebt; oder auch der 25er. Also nahm Tiberius das arithmetische Mittel und erließ, mit Abschaffung der Todesstrafe, das Dekret, wonach wir alle ...

PUBLIUS Du meinst, diese 3 Prozent?

TULLIUS Wonach diese 3 Prozent lebenslänglich zu sitzen haben. Unabhängig davon, ob du was verbrochen hast oder nicht. Eine Art Steuer. Der Senat hat ihn darin natürlich unterstützt, und die Bürgerrechtskommission hat ein Komitee gebildet, das streng darüber zu wachen hat, daß bei den Verhaftungen kein System einreißt. Und jetzt macht dieser Samulus die Pferde scheu und besteht auf einer Revision der Daten des Rechenzentrums.

PUBLIUS Und wie das?

TULLIUS Keine Ahnung, wie. Er wiehert einfach ... *Er ahmt ein wieherndes Pferd nach.* Bü-hü-hü-hürger ... rehe-he-hechte ... *Pause.* Die haben doch überall ihre elektronischen Auswertungsgeräte. Abfallprodukte der Weltraumprogramme. Der Teufel soll sie holen.

PUBLIUS Ja und – will er den Prozentsatz erhöhen oder senken?

TULLIUS Keine Ahnung. Wahrscheinlich senken: er spielt den Liberalen.

PUBLIUS Aber das ist doch dann nicht schlecht.

TULLIUS *schreit* Und was ist daran so gut? Was ist daran gut?

PUBLIUS Wie soll ich sagen? ... Es gäbe immerhin mehr Platz für jeden ... Weil sie uns sonst nur alle mögliche Scheiße hier hereinstecken ...

TULLIUS Und wenn sie uns keine reinstecken, Scheiße bleibt es trotzdem! Wer braucht in einer Zelle schon mehr Platz! Überleg doch mal selbst! Platz, in einer Zelle. Verwechsle das nicht mit einer Privatwohnung.

PUBLIUS *nachdenklich* Nichts leichter als das: eine Wohnung in eine Zelle zu verwandeln. Und eine Zelle in eine Wohnung.

TULLIUS Eben!

PUBLIUS Kopf hoch, Tullius, nicht nervös werden. Der Senat wird schon nicht auf ihn hören.

TULLIUS *finster* Von wegen. Er hat in Libyen gekämpft. Sich große Verdienste erworben. Außerdem machen die doch alle auf liberal ... Caligula, der pißt doch kochendes Wasser, wenn er seinen Gaul große Reden schwingen hört.

PUBLIUS Kochendes Wasser, wer? Er oder der Gaul?

TULLIUS Ist ja auch egal. Wo ist meine Toga?

PUBLIUS Da, wo du sie hast fallen lassen. *Er zeigt auf den Alkoven von Tullius.* Wenn du fertig bist, laß das Wasser nicht ab.

TULLIUS Barbar, macht sich noch verrückt mit seiner Sparsamkeit.

PUBLIUS Ich? Wenn ich etwas spare ... Wenn ich etwas spare, dann Zeit ... Und von wegen verrückt: ganz Rom macht sich verrückt mit seiner Wasserversorgung. Oder richtiger: verdreckt. Du meinst, ich hätte keine Ahnung? Der Tiber wäre längst im Eimer, wenn wir uns auf den verlassen hätten. Unsere Wasserversorgung ist darin großartig, daß sie immer gleich viel Wasser führt. Unabhängig vom Tiber. Das ist Physik! Kommunizierende Gefäße! Alles eine Frage des Filtersystems. *Er steigt zu Tullius in die Wanne.* Wie sagt der Dichter: »Niemand steigt zweimal in denselben Fluß.« Quatsch. Viel öfter sogar. *Genießerisch.* A-a-a-ah ... Acqua ... HaZweiO ... Siehst du: weder mehr noch weniger ... Nur dann, wenn etwas verdunstet ... Oder wenn du dich abtrocknest ... Aber selbst dann nicht ... Denn das Handtuch geht danach in die Wäsche – und kommt gewaschen zurück ... Ich bin überzeugt, unser Turm ist zusätzlich noch ein Wasserturm.

TULLIUS Das sagen sie.

PUBLIUS Und ich bin überzeugt, daß jemand, irgendwann, in diesem Wasser schon einmal gebadet hat. Es hat so einen Geruch . . . nicht ganz unsern eigenen, aber er ist so vertraut . . .

TULLIUS Vielleicht wars Caligula.

PUBLIUS Und Tiberius.

TULLIUS Und Samulus . . .

PUBLIUS Wenn Filter reden könnten . . . *Pause.* Und meine Frau hat darin gebadet . . . Und deine auch.

TULLIUS Was willst du damit sagen?!

PUBLIUS Nicht das, was du denkst . . . Und deine Kinder auch. Wasser ist überall Wasser. In einer Wohnung wie in einer Zelle. Wie gesagt: kommunizierende Gefäße.

TULLIUS Für den einen kommunizieren sie, für den anderen nicht.

Pause.

PUBLIUS Ist doch merkwürdig, Tullius: ich habe gewußt, daß es eintreten könnte. Schon als Kind habe ich es gewußt. Wir wissen es alle. Um so mehr, als mein Vater nicht gesessen hat. Auch mein Großvater nicht. Und trotzdem war ich nicht darauf gefaßt. Sondern habe eine Familie gegründet, mir Kinder zugelegt . . .

TULLIUS Kopf hoch, Publius . . . Das heißt doch nur, daß unser Komitee auf der Höhe ist.

PUBLIUS Wie meinst du das?

TULLIUS Ganz einfach, daß sie dich erst einlochen, wenn du Nachkommen erzeugt hast. Ziemlich genau dann, wenn dir deine Frau auf den Geist geht. Wenn überhaupt fast alles keinen Sinn mehr hat. Wenn das Wort »lebenslänglich« seinen Sinn erlangt. Erst dann . . . Das ist der Computer.

PUBLIUS Ja. Die Technik ... *Pause.* Was liest du da?

TULLIUS Horaz.

PUBLIUS Und, wie ist er?

TULLIUS Ein Klassiker. Ein bißchen zu emphatisch vielleicht. Wie alle Antiken.

PUBLIUS Sollen wir seine Büste bestellen?

TULLIUS Zumal man die nicht füttern muß.

PUBLIUS Und wohin mit dem Kanarienvogel?

TULLIUS Den lassen wir raus. Er verreckt doch sowieso. An Hunger. Oder – an zu dünner Luft.

PUBLIUS Er tut mir leid.

TULLIUS Tut dir leid, ihn rauszulassen, oder daß er verreckt?

PUBLIUS Sowohl als auch ... Ihn rauszulassen auch. Weißt du, er fliegt dann in alle vier ... ich meine dreihundertundsechzig ... Schon wieder diese dummen Gedanken ... Wir sind und bleiben schließlich hier – bis ans Ende unserer Tage. Uns läßt niemand raus. Für uns ist das hier das Leben. Der Sinn. Er braucht das alles nicht. Er ist eine Kreatur, hat nicht mal ein Gehirn. Nur einen Schnabel ... Tut mir leid, ihn rauszulassen.

TULLIUS Dann verreckt er eben.

PUBLIUS Und wir etwa nicht? Wir doch auch, Tullius. Wem werden wir leidtun? Wie? Ihm vielleicht? Wieso? Er hat nicht mal ein Gehirn, wie gesagt ... Und selbst wenn er eins hätte, dann wie groß? Für uns beide reicht es einen feuchten Dreck ...

TULLIUS Du glaubst also nicht an die Miniaturisierung ...

PUBLIUS Darum geht es nicht ... Aber uns tut er leid. Außerdem, er singt.

Pause.

TULLIUS Wenn du verreckst, werde ich dich bedauern. Wenn es nur das Ausmaß ist, wie du meinst.

PUBLIUS *umarmt Tullius* Bedaure mich lieber jetzt ...

TULLIUS Tatsch mich nicht an!

PUBLIUS Bedaure mich lieber jetzt, Tullius!

TULLIUS Hände weg, habe ich gesagt.

PUBLIUS Aber ich mache doch gar nichts ...

TULLIUS Nichts? Und wessen Glied ist das? Du hast eine Erektion. *Er steht auf und steigt aus der Wanne.* Wo ist meine Toga?

PUBLIUS *macht es sich in der Wanne bequem* Das ist von deinen Worten zu halten. »Werde dich bedauern.« Ha! Ich weiß schon, wie du mich bedauern wirst. Mich in den Müllschlucker, und an meinen Platz irgendeinen Kretin. Ich runter, er rauf.

TULLIUS So funktioniert der Lift nun mal. Prinzip Waage. Das Symbol der Gerechtigkeit.

PUBLIUS *führt seinen Gedanken fort* Dann wirst du mit dem Süßholz raspeln ... Vielleicht sogar ... ihn um die Hüfte fassen ... Wenn er jung ist ... Hauptsache – Hauptsache, denn irgendein Scheißkerl wird es schon sein ... sagst du ja selber ... es ist ein Hirtenjunge, oder ein Liktor ... Einen feuchten Dreck wirst du an mich denken ... Als hätte es mich nie gegeben. Aus den Augen, aus dem Sinn. Frisches Bettlaken, sozusagen.

TULLIUS Stimmt genau.

PUBLIUS Na klar, immer mit der Ruhe. Selbsterhaltungsinstinkt plus eine Prise Stoa. Was übrigens dasselbe ist. Mit voller Unterstützung von seiten des Praetors. Und wenn du dich bis zur Vollkommenheit selbsterhalten hast, stecken sie dich in den Müllschlucker und – ab mit dir.

Pause.

TULLIUS *hüllt sich in seine Toga* Dort enden wir alle einmal.
PUBLIUS O ja, ich weiß. Und du – stehst darüber.
TULLIUS Hauptsache, sie halten den Prozentsatz ein.
PUBLIUS Der Staatsbürger, eherner Rückhalt des Staates. *Pause.* Hundescheiße.
TULLIUS Selber Scheiße. Barbar. Vielleicht sogar Christ. Angst vor dem Tod. Was bist du für ein Römer!? Familie, Kinder ... Arschloch! Das ist nichts als Barbarei, verstanden? Sehnsucht nach der Freiheit! Was weißt denn du von Freiheit? Weiber und sonst nichts. Stell dir vor, du könntest jetzt eine Hetäre vögeln oder sollst allein auf deiner Pritsche wichsen, – was würdest du wählen?
PUBLIUS Die Hetäre natürlich.
TULLIUS Siehst du! Für dich ist da ein Unterschied. Aber da ist kein Unterschied, Publius! Da ist keiner. Die Tage vergehen! Das ist es – die Tage vergehn. Was du auch tust, du trittst auf der Stelle, und die Tage vergehn. Die Hauptsache ist die Zeit. Das hat Tiberius uns gelehrt. Roms Aufgabe ist, mit der Zeit zu verschmelzen. Das ist der Sinn des Lebens. Sich freimachen von allem Sentiment! Von all dem Blablabla über Weiber, Kinder, Liebe, Haß. Sich freimachen vom Denken an die Freiheit. Verstanden? Und mit der Zeit verschmelzen. Denn nichts hat Bestand außer der Zeit. Dann brauchst du dich selber nicht mehr zu rühren – du bewegst dich mit ihr. Kein Zurückbleiben, kein Überholen, kein Vor-

und kein Nachgehen. Du selbst bist die Uhr. Und nicht derjenige, der auf sie schaut ... Daran glauben wir Römer. Unabhängig sein von der Zeit – das ist Freiheit. Du dagegen bist ein Barbar, Publius, ein dreckiger Barbar. Und ich hätte dich längst umgebracht, wenn ich nicht wüßte, daß sie mir an deiner Stelle sofort einen anderen schicken würden. Vielleicht noch einen größeren Barbaren. Gerade jetzt, wo sie diesen Samulus in den Senat erhoben haben.

PUBLIUS *dreht sich in der Wanne auf die Seite.* Also was ... soll ich mich selber umbringen, wie? Auf Römerart: gleich hier in der Wanne. Wie Sulla.

TULLIUS Einen anderen schicken sie sowieso. *Pause.* Du weißt doch, der Lift.

PUBLIUS Knüppel in den Sack.

Pause.

TULLIUS Wie der Dichter sagt: »Ach Postumus, Postumus, weh uns / Im Fluge gehen die Jahre dahin ...«

PUBLIUS Wer hat das gesagt?

TULLIUS Horaz.

PUBLIUS Knüppel aus dem Sack. Gib mir mal das Telephon.

TULLIUS Bitte.

PUBLIUS Herr Praetor? Hier Publius Marcellus von 1750. Seien Sie so freundlich und schicken Sie uns die Büste des Dichters Horaz in die Zelle. Ja, Horaz. Ho-raz. *Beiseite, zu Tullius.* Buchstabieren ...

TULLIUS Homer, Ovid, Ramses, Achilles ...

PUBLIUS Homer, Ovid, Ramses, Achilles ...

TULLIUS Tiberius, Iehova, Urbanus, Sixtus.

PUBLIUS Tiberius, Iehova, Urbanus, Sixtus ... Ja, Quintus Horatius Flaccus. Was, ob er nicht zu viel Platz wegnimmt? Na und, Hr. Praetor? Ja, ein Gefängnis ist Mangel an Raum, kompensiert durch ein Übermaß an Zeit ... Ja, je eher, desto besser. Und was dafür runter?

TULLIUS Das Schachspiel.

PUBLIUS Runter kommt das Schachspiel ... Sehr verbunden, Hr. Praetor. *Er hängt ein.* Eine Sau, dieser Praetor. Flegel.

TULLIUS Eine ruhige Kugel.

PUBLIUS Wieso?

TULLIUS Na ... telephoniert rum, und Schluß.

PUBLIUS Tja. Plus tausend Sesterzen. Alles vom Staat. Keine Sorgen. Fick und behalt den Computer im Auge. Ich Idiot, daß ich mich nicht beworben habe, als eine Stelle frei war.

TULLIUS Dich hätten sie sowieso nicht genommen.

PUBLIUS Und warum nicht?

TULLIUS In deiner Familie hat nie jemand gesessen. Solche werden nicht in den Staatsdienst übernommen. Praetor, Senator, Konsul werden kann nur ein Mensch, bei dem ... in dessen Familie jemand im Turm war. Und sei es im vierten Glied. Was soll Rom mit einem Beamten, der eines schönen Tages ... Überleg doch selbst: was wärst du für ein Senator, wenn du irgendwann einmal in den Turm müßtest?

PUBLIUS Was wahr ist, muß wahr bleiben.

TULLIUS Wir haben einen Trost: aus Kindern werden Leute. *Pause.* Wie habt ihr deinen Sohn genannt?

PUBLIUS Ocatavian.

TULLIUS Klingt gut ... Könnte Praetor werden. Oder Senator. Vielleicht wird er sogar Konsul. Oder, wer weiß, auch Princeps. Ein schöner Name ist das beste Unterpfand für den Erfolg. Die halbe Miete. Gut, daß Tiberius den Kirchenkalender verboten hat. Was will man mit einem Princeps, der Nikita heißt? Oder noch schlimmer – Stanley? Da lachen ja die Hühner. Octavian dagegen! . . . Das ist so gut wie Tiberius. Ich habe meinen Ältesten Tiberius genannt.

PUBLIUS Und den Jüngsten?

TULLIUS Ebenfalls Tiberius. Und den mittleren . . .

PUBLIUS *nachdenklich* Du kannst sagen, was du willst, Tiberius war ein großer Mann . . . Wo wären wir alle, wenn er das Imperium nicht erfunden hätte . . .

TULLIUS . . . und die Hauptstadt nicht in Rom umbenannt . . . Wir würden still vor uns hinfaulen. Der Hinterhof Europas.

PUBLIUS Ja, das ist schon eine Leistung. *Pause.* Wie ist das Wetter?

TULLIUS *tritt ans Fenster und schaut hinunter* Bedeckt. Kein Schiß zu sehen. Hochnebelartige Bewölkung . . . In Rom regnet es vielleicht gerade.

PUBLIUS Schau aufs Thermometer.

TULLIUS *ohne die Haltung zu verändern* Unseres oder das draußen?

PUBLIUS Draußen.

TULLIUS Plus zehn Grad Celsius.

PUBLIUS Ziemlich kühl.

TULLIUS Was ändert das für dich? Es ist das Außenthermometer.

PUBLIUS Das macht nichts. Ein Thermometer bleibt es trotzdem. *Pause.* Ob es wirklich gerade regnet in Rom?

TULLIUS Und was hast du davon?

PUBLIUS Ich bin Römer . . . Und sei es nur, weil ich hier bin.

Pause.

TULLIUS Wir sind derzeit alle Römer. *Mit einem Blick zum Thermometer.* Warum sie bloß das Ding hier aufgehängt haben. Sadisten.

PUBLIUS Als ich in Gallien kämpfte, kam zu uns in die Kohorte mal ein ganzes Bordell. Und die Puffmutter, die alte Sau, weißt du, was die sich hatte einfallen lassen? Die hat an den Matratzenfedern ein Taxameter anbringen lassen. Kannst du dir das vorstellen?

TULLIUS Du kannst an nichts als Weiber denken ...

PUBLIUS Nein, an einen Legionär muß ich denken: bei dem es nicht gereicht hatte. Ein paar Sesterzen. Ein Baum von einem Kerl. Der hat eine Fresse gezogen wie du jetzt. Haargenau.

TULLIUS Schau dich doch selber an, Fettrüssel. *Er nimmt ein Buch aus dem Regal und streckt sich auf seinem Bett aus.*

PUBLIUS *denkt laut* Plus zehn Grad. Höhe – fünfhundert Meter über dem Meeresspiegel. Den Kapitolinischen Hügel nicht eingerechnet. Mit ihm sind es, denke ich, siebenhundert. Also siebenhundert gleich plus zehn. Demnach ist es in Rom fünf Grad wärmer. Also wenn Regen, dann ein warmer Regen. Das Tiberwasser trübe, trübe. Wie der Dichter sagt. Menschen hasten vorüber, Katzen miauen in den Fenstern. Der Turm ist nicht zu sehen. Bei Regen denkt niemand an den Turm ... Das ist – Architektur ... Ich würde jetzt im Senat sitzen, zuhören, wie die Gesetze beraten werden. Abstimmen ... Ich wäre natürlich »dafür«. Egal, wofür. Und irgendjemand wäre »dagegen«. Na und? Das ist eben die Demokratie. Ich bin von Natur eher positiv. Und wenn dann die Arme in die Höhe gehen, erhebt sich im ganzen Saal eine Duftwolke. Aus den Achselhöhlen ... Deshalb ist es noch angenehmer, mit der Minderheit zu stimmen ... Ach, schon der bloße Gedanke: du sitzt im Trocknen, im Senat – draußen regnet es – hier ist es warm – du hebst den Arm ... *Pause. Er hebt den Arm, riecht an seiner Achselhöhle.* Demokratie ... Tullius!

TULLIUS Laß mich in Ruhe.

PUBLIUS Dauernd mußt du lesen ... Immer die Vergangenheit. Natürlich, bei so viel Geschichte, was soll da noch die Gegenwart. Oder erst die Zukunft. Nicht mal von der Geographie ist mehr was geblieben. Nur noch Kolonien: Teile des Imperiums. Wohin du spuckst. Selbst wenn sie inzwischen die Unabhängigkeit haben ... Alles nur noch Topographie. Runter, rauf ... Lies ruhig, lies ... Wenn du alles gelesen hast ... bleiben die Bücher im Regal, und dich stecken sie in den Müllschlucker. Wie der Dichter sagt: dulce et decorum est pro patria mori. Süß und ehrenvoll ist es, für das Vaterland zu sterben. O ja ... Dolce.

TULLIUS A propos, was gibt es heute als Dessert?

PUBLIUS Wenns doch wieder Kuchen gäbe.

TULLIUS Ich sage dir, ein Wieder gibt es nicht.

PUBLIUS Tja, alles wiederholt sich, nur das Essen nicht.

TULLIUS Dir wär natürlich das Gegenteil lieber.

PUBLIUS Allerdings!

TULLIUS Ich sage ja: Barbar. *Er schlägt das Buch zu und steht auf.*

PUBLIUS Was hat das mit Barbar zu tun?! Was schnauzt du mich hier dauernd an? Barbar! Barbar. Kläfft herum wie ein alter Hofhund ...

TULLIUS Ich sage dir, der wahre Römer sucht nicht die Abwechslung. Dem wahren Römer ist alles gleich. Der wahre Römer will Einheitlichkeit. So gesehen ist unser Essen sogar ein schwerer Lapsus. Das Essen müßte immer gleich sein. Wie die Tage. Wie die Zeit selbst ... Das mit unserem Fraß ist eine Schlamperei. Das ist noch nicht die wahre Einheitlichkeit. Aber sie wird kommen.

PUBLIUS Wie meinst du – alles gleich. Kuchen ist gleich Abwesenheit von Kuchen, ja?

TULLIUS Jaha. Anwesenheit und Abwesenheit sind, sub specie aeternitatis, generell gleich. Das heißt, für den wahren Römer sind Unterschiede Hurerei. Immer das gleiche Essen wäre besser.

PUBLIUS Wo willst du so viel Kuchen hernehmen. Oder auch seine Abwesenheit ... Tja ... Dulce et decorum.

TULLIUS Süß und ehrenvoll ... Trotzdem wird die Einheitlichkeit kommen. Ich meine – des Stils. Nichts Überflüssiges mehr. Man könnte sagen, mit uns beginnt sie ...

PUBLIUS Ja? Aber den Kanarienvogel hast du selbst bedauert.

TULLIUS Nicht bedauert, sondern bei uns gelassen.

PUBLIUS Aber das ist doch dasselbe.

TULLIUS Im Gegenteil. *Nachdenklich.* Was ich bedaure: daß es ein Kanarienvogel ist und nicht, sagen wir, eine Wespe.

PUBLIUS Eine Wespe?! Was für eine Wespe?!

TULLIUS Das wäre die Miniaturisierung. Reduktion auf die Formel. Die Hieroglyphe. Das Zeichen. Diese Computerdinger ... du weißt schon. Wenn alles nur Gehirn ist. Je kleiner, desto mehr Gehirn. Aus Silikon.

PUBLIUS Tullius!

TULLIUS Wie bei den Antiken ... Was ich sagen will: wenn man zum Beispiel eine Wespe in einem Glas fangen und mit einer Untertasse zudecken würde ...

PUBLIUS Und weiter?

TULLIUS ... dann wäre sie da drin wie ein Gladiator in der Arena. Also ohne Sauerstoff. Und das Glas wäre eine Art Kolosseum, in dieser, na, Miniaturform. Vor allem, wenn es keine geschliffenen Kanten hat.

PUBLIUS Und weiter?

TULLIUS Der Kanarienvogel ist zu groß. Fast ein Tier. Er paßt nicht zum Stil. Im Sinn der Epoche. Er nimmt zu viel Platz weg. Eine Wespe ist klein, aber ganz Gehirn.

PUBLIUS Was heißt hier zu viel Platz! Der kleine Käfig.

TULLIUS Tautologie, Publius. Tautologie. Und du hättest auch mehr Platz.

PUBLIUS Na, auf Wespen kannst du hier lange warten. Außerdem, die stechen.

TULLIUS Immer noch ehrlicher als zu zwitschern; unter den gegebenen Umständen. Außerdem kann er nicht mehr fliegen. Vielfraß.

PUBLIUS *befühlt seinen Bauch* Ja, für einen Vogel sind hundert Gramm mehr als für uns ... Wahrscheinlich habe ich den Kuchen auch deshalb ...

TULLIUS Zumindest hat sichs ausgeflogen.

PUBLIUS Ein Trost: in den Müllschlucker passe ich nicht mehr. Mit mir wird es Probleme geben, Tullius – *er befühlt seine Taille* – die schaffst du nicht. Dir wird es noch leid tun, wenn ich sterbe.

TULLIUS Die haben da unten einen Zerhacker, Publius. Zum Zerstückeln. Prinzip Fleischwolf, nach Motiven des Tarpejischen Felsens: steht ausdrücklich so in dem Dekret. Ich erinnere mich, dieses Dekret habe ich noch als Kind gelesen. Sonst würden ja alle abhauen. Und unter dem Zerhacker lauern die Krokodile ...

PUBLIUS Und ich erinnere mich, gelesen zu haben, daß

viele sich früher, als noch Besuche zugelassen waren, kleine Kügelchen unter die Vorhaut nähen ließen, um so den Durchmesser zu vergrößern. Die Hauptsache am Glied ist nicht die Länge, sondern der Durchmesser. Weil sich deine Alte ja, während du sitzt, mit anderen einläßt. Und daher die Idee, daß du ihr während des Besuchs ein solches ... Erlebnis verpaßt, daß sie an keinen anderen überhaupt mehr denken will. Nur an dich. Darum die Kügelchen. Perlmutt soll am besten gewesen sein. Obwohl, wenn man es sich überlegt, wo wollen die in diesen Breiten Perlmutt hergenommen haben? Oder aus Ebonit, aus dem die Füllfederhalter gemacht wurden. Du schleifst dir also mit der Nagelfeile ein Kügelchen, zwei bis drei Millimeter im Durchmesser – und ab zum Schwanzbeschauer. Und der jagt sie dir unter die Haut. Ganz dicht darunter ... Ein paar Tage lang Wegerichblätter darumgewickelt – und ab zum Besuch ... Manch einer hat sich diese Kugeln auch später, als er frei war, nicht wegmachen lassen. Er wollte einfach nicht ...

TULLIUS Deshalb hat Tiberius die Besuche ja abgeschafft.

PUBLIUS *schreit* Und das war ihm schon zuviel?! Wenn ein Mann einmal im Jahr! ... und noch dazu, wenn er lebenslänglich sitzt? War ihm das schon zu viel, ja? *Er beruhigt sich wieder.* Darauf muß man erst mal kommen: einem Mann nicht zu gönnen, daß er einmal im Jahr seinen Knüppel schwingt. Darauf muß man erst mal kommen.

TULLIUS Immer noch besser, als Waisenkinder zu zeugen.

PUBLIUS Dann haben sie nicht mehr genug Leute, um Legionen nach Libyen zu schicken. Und nach Syrien. Und nach Persien ...

TULLIUS Das sind zwei Paar Stiefel. Dulce et decorum est ... Süß und ehrenvoll ...

PUBLIUS Den Knüppel schwingen ist auch süß.

TULLIUS Sie haben sie abgeschafft, damit du nicht alles durcheinanderbringst.

PUBLIUS Das Süße mit dem Ehrenvollen?

TULLIUS Das Angenehme mit dem Nützlichen, Publius ... Besuche laufen der gesamten Idee der Gerechtigkeit zuwider, dem ganzen Prinzip des Turms. Und der Knüppel schon gar. Der Knüppel ist beinahe eine Flucht aus dem Turm.

PUBLIUS Wieso Flucht? Wir sitzen hier doch lebenslänglich.

TULLIUS Es geht doch nicht um dich, Publius. Daß du das nicht verstehst. Es geht – um dein Sperma. Und das ist Flucht. Ausflucht. Ein Ausfluß. Lerne, abstrakt zu denken, Publius. Es geht immer um das Prinzip. Um die Idee, die einer Sache zugrundeliegt, nicht um die Sache als solche. Wenn lebenslänglich, dann lebenslänglich. Das Leben ist die Idee. Das Sperma die Sache.

PUBLIUS *schreit* Aber das lasse ich doch trotzdem spritzen! *Er beruhigt sich wieder*. Da, der Nachttisch ist schon ganz gelb davon.

TULLIUS Sie haben sie abgeschafft, damit du nicht alles durcheinanderbringst.

PUBLIUS Was bringe ich durcheinander?

TULLIUS Die Idee mit der Sache. Was den Nachttisch betrifft, können wir einen neuen bestellen. Natürlich nur, wenn du nicht zu sehr an dem alten hängst.

PUBLIUS *mit einem prüfenden Blick auf den Nachttisch* Nein, ich glaube nicht.

TULLIUS *hebt den Hörer ab* Hallo, Hr. Praetor. Hier Tullius

Varro von 1750. Ja-a, schon wieder. Könnten Sie uns nicht einen neuen Nachttisch raufschicken? Ja, am besten aus Chromstahl. Ja, der alte – wie soll ich das ausdrücken – ist durchgerostet ... Ja, nur einen ... Vielen Dank, Hr. Praetor. Wie bitte? Schwanengesang? Was? Was für ein Dämon im Leib? Ich bestelle ihn für Publius Marcellus. Was? Ja, es ist ihm peinlich. Vielen Dank. *Er hängt ein.* Du kriegst deinen neuen Nachttisch.

PUBLIUS Danke.

TULLIUS Keine Ursache.

PUBLIUS *mit einem Blick auf den Nachttisch* Sofort, oder?

TULLIUS Am besten sofort. Aus den Augen, aus dem Sinn. Soll ich dir helfen?

PUBLIUS *eifersüchtig* Nein! Das mache ich selbst.

TULLIUS Wie du meinst ... Aber er ist schwer ... Was du an dem bloß gefressen hast! Noch dazu, wo er quadratisch ist.

PUBLIUS Gerade weil er quadratisch ist. Schau dich doch mal um. Alles rund. Stromlinienförmig. Das haben sie aus Rom gemacht, die Modernisten ... Das Quadratische flößt Vertrauen ein. Die alte Zeit. Die Summe der Winkel. Der Begriff von Beständigkeit. Etwas, woran man sich halten kann. Schönes Holz. Ein Möbelstück! Man kann seine Initialen einritzen.

TULLIUS Ja. Oder: »Publius plus Nachttisch gleich Liebe.« Obwohl eine Tätowierung noch besser wäre. Kommt nur drauf an, wo.

PUBLIUS *nachdenklich* Ja, Tätowierung ist natürlicher. *Er beginnt, den Nachttisch zu verrücken.* Nichts ist natürlicher als eine Tätowierung. Vor allem, wenn du lebenslänglich hast.

TULLIUS Soll ich dir nicht helfen?

PUBLIUS *ächzend* Nichts da, das mache ich selbst.

TULLIUS Ich selbst, ich selbst ... Paß auf, daß du dir keinen Bruch hebst.

PUBLIUS *ächzend* Bist wohl neidisch, was? Daß jemand was zu tun hat ... Nein, das mache ich lieber selbst.

TULLIUS Auch noch eifersüchtig. Und wahrscheinlich kitzlig. Alle Eifersüchtigen sind kitzlig.

PUBLIUS Du wiederholst dich, Tullius. *Ächzend.* Du – wie – der – holst – dich. Das habe ich schon mal gehört ... Von anderer Seite.

TULLIUS Ja, nimm ihn von der anderen Seite. Von links.

PUBLIUS Auf der anderen Seite, wie willst du Wiederholungen vermeiden, wenn du lebenslänglich hast. Bis zu einem gewissen Grade – *ächzend* – bis zu einem gewissen Grade ist alles, was du sagen kannst ... *er ächzt* – alles, was gesagt werden kann ... schon einmal gesagt worden. Von dir oder mir. Ich habe es schon gehört. Oder schon gesagt. Das Gespräch ist, bis zu einem gewissen Grade, eine Tätowierung. *Er äfft Tullius nach.* »Soll ich dir nicht helfen?« »Ich werde dich bedauern.«

TULLIUS Wie übrigens auch – *er äfft Publius nach* – »Nein, das mache ich selbst.« Das habe ich auch schon gehört. So und so oft. Wie von der Platte. Oder vom Tonband. Oder von der Kassette. Oder noch schlimmer, auf Papier.

PUBLIUS Aber Literatur ist eine Tätowierung. Schwarz auf Weiß. Und noch weiß niemand, was zuerst da war. Ich meine, am Anfang. Vor allem, wenn es das Wort war.

TULLIUS Eben doch Barbar. Zu viel Bibel gelesen.

PUBLIUS *jähzornig* Und warum zeichnen sie dann auf? *Er tippt mit dem Finger zur Decke und zu den Wänden.* Legen Leitungen. Elektrischen Strom.

TULLIUS *einlenkend* Vielleicht zeichnen sie ja nicht auf. Sondern übertragen einfach live. Soll ich dir helfen?

PUBLIUS *erschaudert, dann – unschlüssig* Also gut, nimm du ihn von links. Ich von rechts, du von links. Wenn es dich nicht ekelt.

TULLIUS Ach was! Ich nehm ihn auch von rechts. Eigentlich gut, daß er quadratisch ist. Mehr Ecken. Leichter zu tragen.

PUBLIUS Um so trauriger – *ächzt* – ihn rauszuschmeißen. Weil er so viele Ecken hat.

TULLIUS Ja, er beflügelt die Phantasie. Die vielen Möglichkeiten . . . Die Rückwand ist unberührt, geradezu jungfräulich. Das wäre anders, wenn er rund wäre.

Sie zerren den Nachttisch zum Müllschlucker.

PUBLIUS Rund ist auch nicht schlecht. Erinnert an Säulen. An Körper überhaupt. Und die Kapitelle sind wie Lockenwickler. Vor allem, wenn du sie länger anschaust. Als ich jung war, hat er mir beim Anblick einer Säule gestanden.

TULLIUS Und jetzt bei quadratischen Dingen.

PUBLIUS Ich möchte wissen, was zuerst da war: das Quadratische oder das Runde. Ich meine, was ist natürlicher: rund oder quadratisch.

TULLIUS Beides, Publius, ist künstlich.

PUBLIUS *bleibt wie angewurzelt stehen* Aber – was war denn dann am Anfang? Das Dreieck, wie? Oder dieser – dieser – Rhombus?

TULLIUS Am Anfang, Publius, das weißt du doch, war das Wort. Und das wird auch am Ende sein. Vorausgesetzt, du hast Zeit, es auszusprechen.

PUBLIUS Am Ende wird etwas Quadratisches sein. Zumindest etwas Rechteckiges.

TULLIUS Aber nur, wenn sie dich nicht verbrennen. Es gibt die verschiedensten Formen von Urnen.

PUBLIUS Also Sache des Praetors ... Nimm ihn von links.

TULLIUS Hier?

PUBLIUS Ja. Vorsicht, die Hand.

Sie heben den Nachttisch an und stoßen ihn durch die Öffnung des Müllschluckers.

TULLIUS *ächzt* Ä-äh ...

PUBLIUS *ächzt* Ä-äh ...

TULLIUS Da fährt sie hin ...

PUBLIUS Die Liebste ...

TULLIUS Aus den Augen, aus dem Sinn ...

Der Nachttisch verschwindet.

PUBLIUS *schaut weit in den Müllschlucker hinunter* Das habe ich schon mal gehört.

TULLIUS Reg dich nicht auf.

PUBLIUS Das auch.

TULLIUS Stell dir vor, du hast sie über Bord gestoßen. Und wir sind auf einem Dampfer.

PUBLIUS *schreit und hält sich dabei die Ohren zu* Halt das Mauuul! *Er besinnt sich.* Das habe ich schon gehört. Voriges Jahr. Oder vorvoriges. Ich weiß nicht mehr. Egal. Es sind nicht die Wörter, die Stimme macht einen mürbe! Deine, und meine genauso. Ich kann deine manchmal nicht mehr von meiner unterscheiden. Wie in einer Ehe, nur schlimmer ... All die Jahre ...

TULLIUS Jaja. Und daher die Erektion ... Schon gut ... Ich gehe mir jetzt die Hände waschen ... Dir würde es auch nichts schaden ...

PUBLIUS *hält sich die Ohren zu.*

Pause. TULLIUS *geht ins Badezimmer, wäscht sich – Rauschen von fließendem Wasser – die Hände, kommt zurück und nimmt die unterbrochene Lektüre wieder auf.* PUBLIUS *schaut eine Zeitlang zum Fenster hinaus, weiter mit zugehaltenen Ohren; wendet sich dann ab und geht zurück in seinen Alkoven. Setzt sich auf den Bettrand und starrt lange auf die Stelle, an der der Nachttisch gestanden hatte. Fährt mit dem Zeigefinger über den Fußboden und führt den Finger an die Augen: Staub. Malt mit dem Finger etwas auf den Fußboden, betrachtet es lange. Dann wischt er die Zeichnung mit dem Fuß weg. Führt den Finger ans Gesicht: Staub. Steht mit einem Ächzen auf. Geht zum Waschbecken und wäscht sich die Hände. Trocknet sie sehr lange ab. Geht zum Vogelkäfig. Öffnet das Türchen. Der Kanarienvogel kommt nicht heraus. Schlägt das Türchen zu, öffnet es wieder. Wendet sich ab und geht zur Waage. Stellt sich auf die Waage und wiegt sich. Sehr sorgfältig und genau. Zieht die Toga aus und wiegt sich noch einmal. Zieht die Toga wieder an, steigt von der Waage, geht zurück in seinen Alkoven. Setzt sich dort und notiert die Ergebnisse des Wiegens.*

PUBLIUS Weißt du was, Tullius, die Toga wiegt ein ganzes Pfund ...

TULLIUS M-m-m-m. *Er liest weiter.*

PUBLIUS Vierhundertundvierzig Gramm, um genau zu sein. Flanell, darum. Obwohl – wenn man es sich überlegt – wozu hier eine Toga? Die Temperatur ist konstant. Computergesteuert. Normaltemperatur, wie sie sagen: zehn Grad unter Körpertemperatur. Von Besuchern hier – keine Rede. Nicht mal von Aufsehern . . . Und wir gehn auch niemanden besuchen . . . Luxus. Stört bloß beim Wiegen. Tullius!

TULLIUS Was ist denn?

PUBLIUS Wozu brauchen wir eine Toga? Sie hat keinerlei Sinn. Verheddert sich nur zwischen den Beinen.

TULLIUS Mit siehst du mehr wie eine Statue aus. In Rom trägt man Toga. Lies die Vorschriften. Buchstabe »B«: Bekleidung. Toga und Sandalen.

PUBLIUS Das gilt für Rom. Da unten ändert sich das Wetter ständig. Da laufen ständig Fremde, Passanten herum. Weiber. Aber hier sind wir unter uns. Du und ich, meine ich.

TULLIUS Mit Toga siehst du mehr wie eine Statue aus, sage ich. Besonders, wenn sie dir den Kopf abschlagen. Oder die Hände. Damit du keine Nachttische mehr versaust.

PUBLIUS Ich sehe auch ohne so aus. *Er schlägt die Toga auseinander*. Oder?

TULLIUS Laß das, du bist hier nicht im Monstruositätenkabinett . . . Das Wichtigste an der Toga sind die Falten. Sozusagen eine Welt in sich. Lebt ihr eigenes Leben. Ohne jeden Bezug zur Realität. Den Togaträger inbegriffen. Die Toga ist nicht für den Menschen, sondern der Mensch für die Toga.

PUBLIUS Verstehe nichts. Irgend so ein Idealismus.

TULLIUS Nicht Idealismus, sondern Absolutismus. Absolutismus des Denkens, verstanden? Das ist das Wesen Roms. Alles seinem logischen Ende zuführen – und darüber hinaus. Alles übrige ist – Barbarei.

PUBLIUS *schreit* Aber wie willst du sie dem zuführen?! Womit?! Wohin?! Und was hat die Toga damit zu tun? Die Falten! Ihre Vielfalt! Eine Welt in sich! Sie ist einfach ein Bekleidungsstück. Buchstabe »B«. Die Toga ist nicht für den Menschen, sagst du, sondern der Mensch für die Toga? Gut, ich ziehe sie jetzt aus – *er wirft die Toga von sich* – und nun? Ein Fetzen, nichts als ein Fetzen.

TULLIUS *nachdenklich* Sieht aus wie ein erstarrtes Meer.

PUBLIUS Gut pariert . . . Du hast zu viel gelesen.

Über dem Müllschlucker geht ein Lämpchen an. TULLIUS *erhebt sich von seinem Lager und geht zum Müllschlucker. Im Gehen, über die Schulter, zu* PUBLIUS*:*

TULLIUS Zieh dich an, bring die Videokameras nicht in Verlegenheit. *Er öffnet das Türchen des Müllschluckers, in dem eine Büste emporschwimmt.* Horaz! Quintus Horatius Flaccus in höchst eigener Person. *Versucht, die Büste anzuheben.* Nicht das Original, aber schwer. Einen Zentner hat er sicher. Publius! Nun hilf mir schon!

PUBLIUS *zieht die Toga wieder an und hilft* TULLIUS *widerwillig, die Büste auf das Regal zu hieven, das bereits von einem Dutzend anderer Büsten geziert wird.*

PUBLIUS Kein schlechter Dichter – an dem kann man sich ja einen Bruch heben.

TULLIUS Klassiker sind alle schwer. *Er ächzt.* Äääähh . . . Sind nämlich aus Marmor, darum.

PUBLIUS Aus Marmor, weil sie Klassiker sind? Uff! Oder Klassiker und darum aus Marmor?

TULLIUS Wie meinst du das? Was soll das heißen: Klassiker, weil sie aus Marmor sind? Worauf willst du hinaus?

PUBLIUS Na, weil Marmor so haltbar ist. Nicht jede Fresse

wird in Marmor gehauen. Soll sehr widerstandsfähig sein, habe ich gehört. Kann man anzünden, draufhaun. Bricht höchstens die Nase ab. Mit der Zeit. Aber nicht zu Lebzeiten. Also ein sehr dauerhaftes Material. Das man deshalb auch für Statuen verwendet: dem ist nichts anzuhaben.

TULLIUS *plötzlich mit Interesse* Was, sag das noch einmal.

PUBLIUS Naja, für Statuen. Oder für ein hübsches Badezimmer, wie Caracalla. Obwohl, der war Kaiser, der hat sich das erlauben dürfen. Weil die ja immer für die Nachwelt arbeiten – ich meine, die Kaiser. Alles Angeberei und Beschiß, aber sie sind schon genauestens im Bilde, welcher Stein am widerstandsfähigsten ist. Mit Eisen haben sie erst später angefangen. Aus Egoismus. Niemand denkt mehr an die Nachwelt. Nimm doch unsern Turm. Wenn schon, hätten sie ihn wenigstens in Marmor hauen können. Dieser Chromstahl – wie lange soll der halten? Einhundert Jahre, na, vielleicht zweihundert. Was hat sich Tiberius dabei gedacht? ... Aber was solls! Schon dieser Horaz hat darüber geschrieben, wie war das:

»Ein Denkmal baute ich mir,
dauerhafter als Erz ...«

Haben wir auf der Schule gelernt, weiß ich noch wie heute. Ein Heide und Wilder, hat aber gewußt, daß man von dem Eisendreck besser die Finger läßt.

TULLIUS Und?

PUBLIUS Und richtigerweise haben sie ihn in Marmor gehauen. Gut, ist nur eine Kopie. Aber bei einer Kopie tuts einem nicht so leid, wenn die Nase abbricht.

TULLIUS *nachdenklich, mit abwesendem Gesichtsaudruck* Ja, eine Kopie tut einem nicht so leid.

PUBLIUS *legt sich aufs Bett* Uff! . . . diese Klassiker. Zum Glück ist es nur die Büste, nicht gleich die ganze Statue. Was allein die Toga wiegen würde. Diese Falten . . .

TULLIUS *nachdenklich* Statuen führen sie keine. Nur Büsten.

PUBLIUS Leider. Obwohl, was gibt es schon für Weiber unter den Klassikern? Nur Sappho, und die war vom anderen Ufer. Und dann noch die Toga.

TULLIUS Tunika.

PUBLIUS Was ist das?

TULLIUS Dasselbe wie eine Toga, nur kürzer. Für Frauen, zum Beispiel, weit über dem Knie. Kaum daß sie die Scham bedeckt.

PUBLIUS Knüppel aus dem Sack. Knüppel aus dem Sack. Und das war damals Mode?

TULLIUS Nein, in Griechenland ist es einfach wärmer.

PUBLIUS Knüppel aus dem Sack. Bis über die Knie.

TULLIUS Publius, komm zu dir.

PUBLIUS Tja. Griechenland, da ist es warm. Zypressen ragen in den Himmel. Magnolien duften. Der Lorbeer raschelt. Und Sappho; die Tunika weit überm Knie. »Heraufgezogen sind meine geliebten Plejaden, und ich in meinem Bett – allein, allein . . .« Der Weltuntergang.

TULLIUS Doch, eine gute Dichterin. Aber kein Klassiker. Nur Fragmente. Außerdem – Griechin.

PUBLIUS Wenigstens ihre Büste . . .

TULLIUS Besser nicht . . . die halten dich noch für einen Sympathisanten der Republikaner. Bestell dir lieber Perikles, Demosthenes . . .

PUBLIUS Aber was können sie uns noch tun? . . . Was denn noch? . . . Verschärfte Überwachung. Von der merken wir sowieso nichts. Das Auge der Kamera ist überall. Der Turm hier ist doch auch noch Fernsehturm ... Mit Restaurant und Panoramablick ... Von hier aus nur schwer zu sehen.

TULLIUS *nachdenklich, mit einem Blick aus dem Fenster* Manchmal denke ich sogar, das Fenster ist eine Kamera. Auch, wenn es offensteht.

PUBLIUS Ja, und die Wolken sind Bildstörungen. Oder der Regen ... Die Sonne desgleichen.

TULLIUS Genau. Und der Blick auf Rom ist das Pausenbild. Um uns Sand in die Augen zu streuen.

PUBLIUS Deshalb fliegt der Kanarienvogel nicht hinaus.

TULLIUS Der ist doch nicht blöde ... Auf der anderen Seite ist Überwachung nur natürlich. Sogar logisch.

PUBLIUS Was hat das mit Logik zu tun? Was können wir hier schon tun? Welches Verbrechen begehen? Kein politisches, nicht mal ein Kriminalverbrechen. Ich könnte dich abmurksen, oder umgekehrt du mich. Aber mit wem soll ich dann reden? Klar, sie würden Ersatz schicken. Aber Ersatz ist Ersatz. Also dasselbe in Grün ... Worin besteht der Sinn eines Verbrechens? In den Folgen? Im Vorteil, der Publizität, der Jagd, die sie auf dich machen. Daß sie dir den Prozeß machen, wenn sie dich geschnappt haben, und daß sie dich einlochen, wenn sie dich verurteilt haben. Aber wir – wir sitzen ja schon. Der Umkehrprozeß ist unmöglich. Von der Gerichtsverhandlung zum Tatmotiv. Geht nicht. Wozu also die Kameras? Wie?

TULLIUS Unsinn, Publius, ein Verbrechen ist nur ohne einen Kontext von Interesse. Wenn es weder Motiv noch Strafe gibt. Die Hälfte der schöngeistigen Literatur handelt davon.

PUBLIUS Aber ein Verbrechen ohne Kontext ist kein Verbrechen. Erst das Motiv – oder die Strafe machen es zum Verbrechen.

TULLIUS Es? Was?

PUBLIUS Na, das eben ... die Tat. Die Handlung. Denn alles auf der Welt wird dadurch definiert, was davor war und was danach sein wird. Ohne das Vorher und Nachher ist ein Ereignis kein Ereignis.

TULLIUS Sondern?

PUBLIUS Woher soll ich das wissen! Das Warten auf etwas. Der Zustand vorher. Oder das verzögerte Nachher.

TULLIUS Barbar! Hoffnungsloser, widerwärtiger Barbar. Und so was bestellt sich auch noch Horaz!

PUBLIUS Hör endlich auf, mich anzuschnauzen!

TULLIUS Ich dich anschnauzen? Barbar; stumpfer, hirnloser Barbar. Das Ereignis ohne Vorher und Nachher ist die Zeit. In Reinkultur. Ein Zeit-Abschnitt. Ein Teil, aber ein Teil von eben jener Zeit. Ein Teil ohne Ursachen und ohne Folgen. Daher der Turm. Und daher – wir im Turm. Daher auch die Kameras: was in diesem Turm geschieht, geschieht in der reinen Zeit. In ihrer unverfälschten Version sozusagen. Wie in einem Vakuum. Und gerade deshalb ist es von Interesse. Besonders, wenn du mich abmurkst. Oder wenn du mich nicht abmurkst. Gerade das ist von Interesse ... Laß sie doch zuschauen! Vielleicht begreifen sie etwas. Schade, daß es Tiberius nicht mehr erlebt, er hätte es begriffen. Aber die da – Caligula, der Senat usw. – was können die schon begreifen. Nur Rom, Rom endet nicht mit denen. Deshalb zeichnen sie es auf. Und doch – *mit scharfem Flüstern, wie in Trance* – und doch ... wirds auch die Nachwelt nicht begreifen ... kaum. Denn was mit uns geschieht, verstehn vielleicht nur wir. Und niemand sonst. Denn wir verfügen über Zeit. Über sie. Oder sie über uns. Gleichviel. Das Wichtigste, es gibt keinen Vermittler. Es gibt niemanden zwischen ihr und uns. Wie abends, wenn man auf dem Rücken liegt und in die Sterne schaut. Niemand dazwischen. Ich weiß nicht mehr, wann das zum letzten Mal war. Als ich ein kleiner Junge war. Doch die Empfindung ist dieselbe, so wie jetzt. »Heraufgezogen sind meine geliebten Plejaden, und ich in meinem Bett allein . . .« – was hat diese Sappho überhaupt begriffen?! Da kann man nur sagen – Griechenland. Egoistin. Sie hat die Unendlichkeit für Einsamkeit genommen. Egoistin und Weibchen. Der Römer nimmt die Unendlichkeit als Unendlichkeit. Der kommst du mit einem Weib nicht bei. Mit nichts. Und je unendlicher, desto mehr bist du Römer. Deshalb hat Tiberius diesen Turm gebaut . . . Und du stumpfköpfiger Barbar läßt dir so eine Chance entgehen. Aber so oder anders, du wirst auch noch drauf kommen. Wohin du dich auch flüchtest. Und die anderen auch. Denn das Schicksal Roms ist, die Welt zu regieren. Wie der Dichter sagt.

PUBLIUS Welcher?

TULLIUS Vergil. Aber auch Ovid.

PUBLIUS *läßt den Blick über die Regale und Nischen wandern* Ich glaube, die haben wir schon . . .

Vorhang. Ende des I. Akts

II. Akt

Dieselbe Zelle nach dem Essen. Draußen wird es dunkel. PUBLIUS *stochert sich mit der Zahnbürste im Mund herum. Er hat Kopfhörer auf – und hört offensichtlich Musik.* TULLIUS, *im Sessel, raschelt mit einer Zeitung. Ein Bild des Friedens und Wohlbehagens.*

PUBLIUS *fährt auf, horcht: nimmt die Kopfhörer ab* Ich glaube, ich habe den Kanarienvogel singen hören. Oder kam mir das nur so vor?

TULLIUS Du hast Halluzinationen.

PUBLIUS Ich bin sicher, ich habe ihn singen hören. Merkwürdig ... Und du lügst mich nicht an?

TULLIUS Du kannst mich mal ...

PUBLIUS Haben sie etwa schon wieder »Waldesduft« gesprüht? *Er schnuppert.* Das machen sie sonst immer freitags ... Tullius?

TULLIUS Was ist denn?

PUBLIUS Welchen Wochentag haben wir heute?

TULLIUS Keine Ahnung. Mir ist, als wäre, wie hieß er doch? – Mittwoch.

PUBLIUS Seit sie unter Trajan die Jahreszahlen abgeschafft haben, sind auch die Wochentage etwas wie ... wie die Finger an der Hand ... namenlos, nicht wahr? Natürlich ist besser, daß wir zu den Ordnungszahlen übergegangen sind. Weil, nach dem Jahr Zweitausend hat es keinen Sinn mehr, die Jahre zu zählen. Schon nach dem ersten Tausend weiß man nichts mehr. Bis Tausend kann man noch zählen, aber dann schläft man ein ... Für wen auch zählen? Ist schließlich kein Geld. Nichts bleibt, nichts hat Bestand. Nichts ist anzufassen. Und das Zählen angefangen haben sie wahrscheinlich nur, weil sie nichts Besseres zu tun hatten ... Obwohl wir, zum Beispiel – zählen ja nicht.

Obwohl auch wir nichts zu tun haben ... Sicher haben sie den Raum vermessen. Ich meine, die Entfernung. So und so viele Tage unterwegs. Und so weiter, aus Trägheit ... Aufhören war unmöglich. Tausend. Zweitausend. Usw. Auch dann, als es schon Kilometer gab ... Trajan war die Wende. Jetzt gibt es dafür die Computer, sonst hätten wir tausend Jahre, Tausende von Kilometern ... Schwachsinn ... Aber schade ist es um die Namen. Mittwoch, Freitag ... Der, wie hieß er doch noch? Donnerstag ... Tullius! »Meeresbrise« sprühen sie uns donnerstags?

TULLIUS Dienstags.

PUBLIUS Ein schöner Name – Dienstag ... Aber wie kommts, daß ich den Vogel habe singen hören? *Er geht zum Käfig, öffnet das Türchen, beginnt ein Gespräch mit dem Kanarienvogel.* Hast du gesungen oder nicht? Wie? Du schweigst, du Miststück. Verstehst nicht die menschliche Sprache, wie? Alles verstehst du, lüg nicht. Wenn ich dich höre, hörst du mich auch. Einfach drauf pfeifen, ja? Ein wackelnder Fleischberg, sonst nichts, meinst du das? Ach, du liebes Federvieh. Oder kriegst du nichts zu fressen? Hier, Tullius hat dir einen ganzen halben Schokoladentrüffel übriggelassen. Aus Gallien. Und du Scheißkerl läßt ihn angewidert liegen. Bist in Hungerstreik getreten. Also, Rom stürzt deshalb nicht ein. Nicht mal, wenn Tullius und ich in Hungerstreik treten. Aber wer tritt bei Hahnenkamm mit Meerettich in Hungerstreik, oder bei Flamingoeiern auf Kaviar? Sowas überlegt man sich. Uli-titi-tjuuu. Laß nur, du wirst schon noch singen. Was willst du sonst tun? Nimm Tullius und mich ... Tullius?

TULLIUS Was willst du?

Publius Vielleicht singt er nicht mehr, weil es einfach zu hoch ist. Fast tausend Meter über dem Meeresspiegel. So hoch fliegen die nicht.

Tullius Frag doch ihn. Du sprichst schließlich mit ihm. Wie der heilige Franziskus.

Publius Er antwortet nicht. Kapselt sich ab und sagt keinen Ton. Wie ein Krimineller oder ein Politischer. *Zum Kanarienvogel.* Uli-titi-tjuuu. Bist du ein Krimineller, bist du ein Politischer? Aber Kriminelle und Politische sitzen nicht im Turm. Die Kriminellen und Politischen gehen heute auf den Straßen spazieren, sitzen im Kapitol. Weil jeder heute ein Krimineller ist oder ein Politischer, teilweise. Mehr oder weniger. Das ist kein substantielles Problem, sondern ein graduelles. Und jemanden nur aufgrund gradueller Unterschiede einlochen – da würden die Türme nicht reichen. Du bist auch nicht hier, weil du was ausgefressen hast, sondern einfach so. Wegen der Tiberianischen Reform. Also nimm dir ein Beispiel an uns. Wir quasseln. Auch wenn du nichts verstehst. Gerade deshalb sollst du dir ein Beispiel nehmen. Sich ein Beispiel nehmen an einem, der alles versteht, ist keine Kunst. Uli-titi-tjuuu.

Tullius Laß endlich den Vogel in Ruhe! Der hat es dir wohl angetan!

Publius Das hat er, denn er macht es anders als wir! Er ist doch auch hier. Sonst könnte man denken, die Natur wäre gegen uns. Er repräsentiert hier die Natur. Alles andere ist künstlich!!! Uns inbegriffen!!! Er ist das Natürliche . . .

Tullius Reg dich nicht auf. Er repräsentiert, repräsentiert. Wenn er etwas repräsentiert, dann eine sehr niedrige Entwicklungsstufe.

PUBLIUS Genau das meine ich ja. Schon ein Papagei wäre besser ... Als wir mit unserer Kohorte in Libyen standen, in Leptis Magna, kannte ich eine Hetäre. Was die sich hat einfallen lassen, die Schlange. Die hatte neben ihrem Bett ein Aquarium stehen. Damit die Fische was lernen, sagte sie. Die Evolution zu beschleunigen. Sonst ginge so viel Laich verloren. Deshalb meine ich: warum soll sich der Kanarienvogel kein Beispiel an uns nehmen? Aber er schweigt, er verweigert sich.

TULLIUS Vielleicht sollten wir ihm ein Weibchen bestellen. Ruf den Praetor an.

PUBLIUS Also das kann er von uns nicht lernen. Eher wir von ihm.

TULLIUS Dich juckts also schon wieder ... Macht nichts, in fünf Minuten ist Spaziergang. *Er räkelt sich.* Der schüttelt dir den Saft ein bißchen durch. Damit er nicht fest wird wie Käse.

PUBLIUS Ein Grobian bist du, Tullius. Ein Grobian, aber ein guter Beobachter. *Mit einer Kopfbewegung zur Zeitung.* Was schreiben sie?

TULLIUS A-a-ach, immer dasselbe. Kämpfe in Persien. Hurrikan in Ozeanien ... Außerdem die Landung auf dem Sirius und Canopus.

PUBLIUS Und?

TULLIUS Keinerlei Anzeichen von Leben.

PUBLIUS Das hätte ich auch ohne die gewußt. Das sieht man doch mit bloßem Auge.

TULLIUS Wie meinst du das?

PUBLIUS Wenn es dort Leben gäbe, einen Dreck würden wir davon zu sehen kriegen. Vor allem nachts. Nachts gehen sie schlafen und schalten das Licht aus ... Leben. Was verstehen die vom Leben ... Wissenschaftler ...

TULLIUS Und du, Publius? Was verstehst du davon? Was ist für dich – Leben?

PUBLIUS Das Licht ausmachen – und rauf auf das Weib. Das ist Leben ... Wann ist endlich Spaziergang ...

TULLIUS So barbarisch das klingt, aber da ist etwas Wahres dran ... Wie der Dichter sagt, vox populi, vox dei. Stimme des Volkes, Gottes Stimme ... Oder was der Nüchterne im Sinn hat, hat der Betrunkene auf der Zunge ... Die Dunkelheit ist wirklich eine Lebensform. Sozusagen ein Zustand des Lichts, nur passiv. Tagsüber aktiv, nachts passiv. Aber des Lichts. Und Licht ist für uns eine Form von Energie, ein Lebensquell. Zumindest für Tomaten oder grünen Lauch. Auch die Dunkelheit ist ein Quell. Für dasselbe. Die Materie, wie sie immer sagen ... Und Materie allein wär ja in Ordnung, aber sie brauchen noch Knöpfe. Welche, die glänzen. Denn das Leben ist, ihrer Meinung nach, etwas Festes, Faßbares. Aus Fleisch und Blut. Fasern, Gewebe. Käfige aus Molekülen. Das nimmst du in die Hand – und hast die Sache im Sack. Berührbar, also zu beschreiben. Oder zu photographieren. Immer von außen. Aber Leben ist das, worin die Dinge existieren ... Sie sind nicht sie selbst, sondern, wie sagt man? das Mittel, Medium. Mittwoch. Donnerstag, Dienstag und Freitag. Wenn es hell und wenn es dunkel ist. Besonders, wenn es dunkel ist. Das sind nicht ihre Sterne, sondern das, was dazwischen ist.

PUBLIUS Reg dich doch nicht auf. Eine Zeitung, na und? Außerdem: nur Ärsche interessieren sich für Sterne ...

TULLIUS *führt seinen Gedanken fort* Nicht das Leben für die Sache, sondern die Sache für das Leben ... *Er beruhigt sich.* Aber interessant, wie sie dort die Abwesenheit von Leben bestimmen. Womit? Mit einem Minensucher, wie? Mit Dosimetern? Mit Geigerzählern?

PUBLIUS Vielleicht haben sie in den Minensucher die Idee des Christentums einmontiert. Und des Heidentums. Und den Buddhismus und den Islam ... Egal ... Denen kommst du nicht auf die Schliche ... Den neuen Nachttisch haben sie immer noch nicht geschickt. Ob ich den Praetor anrufe?

TULLIUS Sie schicken ihn sicher nach dem Abläuten. Sogar besser für dich. Auf die Nacht hin gesehen ...

PUBLIUS Du bist ein Grobian, Tullius ...

Die ersten Takte der »Geschichten aus dem Wienerwald«, das Deckenlicht nimmt ab, und der Fußboden setzt sich in Bewegung. An den drei Wänden der Zelle erscheint (entweder von hinten, aus den Kulissen projiziert, – oder durch das Fenster) das Bild eines Parks mit Alleen, einem Teich und Statuen. Das Bild kann feststehen, besser wäre aber ein Film, und noch besser, wenn der Bildwechsel synchron zur Bewegung der Tanzfiguren von PUBLIUS *und* TULLIUS *erfolgte.*

PUBLIUS Na endlich ... Was haben wir denn heute – Villa d'Este oder Villa Borghese?

TULLIUS Nein nein ... Das ist irgendwo in Gallien. Die Tuilerien? Oder nein. Das ist nördliches Skythien ... Na da, du weißt schon, in Osteuropa. Oder Westasien. Wie heißt die Stadt doch noch?

PUBLIUS Weiß der Geier. Aber ein schöner Park ... Da, siehst du, Vertumnus und Pomona.

TULLIUS Jaja, und das da ist der »Raub der Sabinerinnen«.

PUBLIUS Genau. Und da – »Saturn verschlingt das eigene Kind«. Tja, hübsches Motiv . . . Die Gitter sind auch nicht übel. Und da, sogar Schwäne . . . Interessant, woher sie hier Schwäne haben . . .

TULLIUS Einen Schwan.

PUBLIUS Und was ist das? *Er geht an die Wand und tippt mit dem Finger darauf.*

TULLIUS Sein Spiegelbild. Kein Schwan ohne Spiegelbild. Wie auch kein Mensch ohne Biographie. Wie der Dichter sagt:

> »Wie früher schwimmt der Schwan durch die Jahrhunderte / und freut sich an der Schönheit seines Doppelgängers.«

PUBLIUS Wer hat das gesagt?

TULLIUS Hab ich vergessen. Irgendein Skythe. Haben gute Augen, diese Skythen. Besonders, wenn es um Tiere geht.

Pause. Sie gehen spazieren.

PUBLIUS Es ist interessant mit den Dichtern – danach hat man überhaupt keine Lust mehr zu reden. Ich meine, es ist unmöglich.

TULLIUS Du meinst, Scheiße zu reden.

PUBLIUS Nein, überhaupt zu reden.

TULLIUS Man schämt sich seiner selbst. Meinst du das?

PUBLIUS So ungefähr. Seiner Stimme, seines Körpers usw. Wie nach diesen Versen über den Doppelgänger. Sag sie noch einmal.

Tullius

> »Wie früher schwimmt der Schwan durch die Jahrhunderte / und freut sich an der Schönheit seines Doppelgängers.«

Publius Danach geht nichts mehr ...

Pause. Sie gehen spazieren.

Publius Warum leben. Womöglich hätte man gar nicht zu leben brauchen. Kinder machen sie aus Dummheit. Und weil sie nicht wissen, daß es so etwas schon gibt. Oder aus sonst einem Mißverständnis.

Tullius Oder in der Hoffnung, daß sie einmal Gedichte schreiben. Wieviele versuchen es. Und gehn dann schnell zur Prosa über. Halten Reden im Senat. Usw.

Publius Ich habe mich auch mal verführen lassen. Als wir mit unserer Kohorte in Libyen standen ...

Tullius Schon wieder eine Fickgeschichte?

Publius Nein, damals war ich noch jung ... und habe auch eins geschrieben. Ich erinnere mich an nichts mehr, nur an zwei Zeilen, auch über einen Vogel:

> »Manchmal hatte mich von meinem Sehnen
> nicht mal der Schwanz des Pfaus erretten können!«

Tullius Ha! Nicht schlecht. Gar nicht schlecht, Publius. Das hat Eleganz ... Hast du es nie wieder versucht?

Publius Nein, ich hab die Finger davon gelassen.

Tullius Schade ... Und nicht, weil du dann jetzt nicht hier sitzen würdest, sondern zum Beispiel in deiner

Villa in Janiculum. Hier stünde vielleicht deine Büste. Schade, weil das Wort des Dichters unwiederholbar ist – wohingegen du alles wiederholen kannst. Das heißt, wenn du kein Dichter bist, ist dein Leben ein Klischee. Weil alles Klischee ist: Geburt, Liebe, Alter, Tod, der Senat, der Krieg in Persien, der Sirius, der Canopus, sogar Caesar. Der Schwan und sein Doppelgänger dagegen nicht. Schön an Rom ist, daß es so viele Dichter hatte. Caesaren natürlich auch. Aber nicht sie sind die Geschichte, sondern das, was die Dichter gesagt haben.

PUBLIUS Ach ja? Und Tiberius und Trajan und Hadrian? Und die neuen Gebiete in Afrika?

TULLIUS Töten, Publius, kann auch ein Legionär. Oder für das Vaterland sterben. Und neue Gebiete erobern, und verrecken . . . Aber das ist alles Klischee. Das hat es alles schon gegeben. Schlimmer noch, es wird es weiter geben. Immer wieder. In diesem Sinne kennt die Geschichte wenig Varianten. Denn der Mensch ist beschränkt. Begrenzt. Viel ist aus ihm nicht herauszuquetschen, wie aus einem Kuheuter. Blut, zum Beispiel, ganze fünf Liter. Er ist berechenbar, Publius. Wie die Sache mit dem Mops, der in die Küche kam. Da capo al finem. Ein Dichter dagegen fängt dort an, wo sein Vorgänger aufgehört hat. Das ist wie eine Trittleiter; nur fängst du nicht mit der ersten Stufe an, sondern mit der letzten. Und die nächste mußt du dir selber bauen . . . Bei den Skythen, zum Beispiel, muß jeder, der heute zur Feder greift, mit diesem Schwan anfangen. Muß diesem Schwan gewissermaßen die eigene, ihm passende Feder ausreißen . . .

PUBLIUS *betrachtet die Landschaft genauer* Ist das nun ein Film oder eine live-Übertragung?

TULLIUS *explodiert* Was ändert das schon? Natur ist Natur.

Grüne Bäume. Aber noch zum Klischee . . . Den Stamm vom Stamm unterscheiden, geht ja noch, aber das Laub! Blatt von Blatt! Von hier ist, denke ich, die Idee der Mehrheit ausgegangen . . . Die Natur ist die live-Übertragung . . . Aus dem Senatssaal . . . Stehende Ovationen . . .

PUBLIUS Bleib ruhig, Tullius. Was regst du dich auf. Überhaupt bist du in letzter Zeit . . . oft am Durchdrehn. Wenn du willst, schalten wir ab. Das steht in unserer Macht.

TULLIUS Ja, wirklich, schalt das ab . . . diese Sauerei . . . Diese Tautologie. Und was das Schlimmste ist, sie ist so natürlich. Mutter Natur, sozusagen.

PUBLIUS Ich schalt ja schon aaab . . . *Er drückt auf einen Knopf; der Fußboden bleibt stehen, die Alleen verschwinden, das Licht geht wieder an.* Nächstes Mal verzichten wir besser gleich. Friedlich. Nächstes Mal . . .

TULLIUS Barbar! Nächstes Mal! . . . Woher willst du wissen, wie dieses nächste Mal aussieht! Du bist gewöhnt, daß es ein Morgen geben wird. Wüstling.

PUBLIUS Was willst du damit sagen? Willst du mich vielleicht erstechen? Suchst einen Vorwand? Hier, stich mich ab! Es wird ja sogar aufgezeichnet. Oder live übertragen! Stich zu! Immer noch besser, als in dieser stinkenden Röhre . . .

TULLIUS Niemand will dich erstechen . . . und nachher den Fußboden aufwischen müssen . . . Wie auch umgekehrt . . . Ich bin wohl wirklich durchgedreht irgendwie. Und du auch. Vielleicht haben sie was in die Pastete gemischt.

PUBLIUS Quatsch . . . Obwohl, die Pastete war tatsächlich nicht astrein.

TULLIUS Andererseits hatten wir so eine noch nie: aus Straußenleber, mit Rosinen.

PUBLIUS Jedenfalls hat es in letzter Zeit kaum Fisch gegeben.

TULLIUS Der ist wahrscheinlich nach Leptis Magna geschwommen, zu deiner Puffmutter. Um die Evolution zu studieren.

PUBLIUS Oder eine Seeblockade. Du sagst doch, in Persien würde gekämpft.

TULLIUS Außerdem ist Sommer: da verdirbt er rasch.

PUBLIUS Hm-ja. Ein Stück Fisch jetzt. Frischen ... *Nach einem Blick aus dem Fenster.* Wenn ich nur diese Sterne nie gesehen hätte. Lieber im Bergwerk sitzen, wie zu Zeiten der Republik. Kohle, Kohle, Kohle. Da hatte man wenigstens, während man sie brach, die Illusion, man würde sich zum Licht hocharbeiten ... Natürlich, es ist eine Riesenidee, Energie aus Luft zu gewinnen. Die mechanischen Lungen und Lebern, die Tiberius eingeführt hat. Und es ist auch schön, daß ihr sogenanntes Blut braun ist. Nicht nur ökonomisch, auch ästhetisch sind wir unabhängig von diesen Kameltreibern und ihrem Öl. Paßt besser zu Rom und seiner Terracotta ... Aber die Bergwerke waren trotzdem besser. Da gab es keine Hoffnungen, die unterschwellig was mit Transparenz zu tun hatten. Diesem Blau, dieser Weite ... Hügel ... Umbrien. Die Alpen. Vor allem bei schönem Wetter. Im Frühling erst recht. Das Ultramarin und so weiter. Auf Leute mit viereckigen Augen wirken solche Sachen besonders stark ... Wenn der Blick tigert und tigert, ununterbrochen ... Das regt die Träume an. Anders als im Bergwerk. Darauf hat Tiberius gesetzt. Statt daß man die Wände hochgeht, geht einem die Phantasie durch. Auf Kosten der Wut, klar ... Und dann diese Sterne. Die Vega, die Cassiopeia. Der Orion und der Große Bär. Unmöglich, sich zu konzentrieren. Dann der Sirius ... Und schon machst du Gedichte über Schwäne und Doppelgänger ... Erstaunlich, daß du es noch nicht versucht hast, Tullius. Bei solch einem Blick.

TULLIUS Ich habe. Zum letzten Mal gestern.

PUBLIUS Und?

TULLIUS

»Blick aus dem Fenster, und du meinst –
es heißt neun, Komma, achtzig und eins.«

PUBLIUS Neunkomma was? Neun-einundachtzig? ... Was soll das?

TULLIUS Die Beschleunigung im freien Fall.

PUBLIUS Makaber. Multipliziert mit 500 Metern, wenn das reicht ... Makaber ... Du denkst also auch daran?

TULLIUS Woran?

PUBLIUS Na ... daran – *er hebt den Blick zur Decke* – du weißt schon.

TULLIUS *blickt zur Decke* Über uns ist nur dieses ... na wie heißt es ... Restaurant. Und die Fernsehantenne.

PUBLIUS Das meine ich nicht. *Er unterbricht sich. Es folgt eine verzweifelte Pantomime. Den Blick nach oben gerichtet, zeigt er mit dem Zeigefinger nach unten. Da er sieht, daß sein Zeichen Tullius nicht erreicht, ändert er sein Vorgehen, zeigt mit dem Finger zur Decke und schielt zu Boden. Danach eine Kombination aus beidem, worauf er am Ende ganz durcheinanderkommt und, weil er es merkt, in Schreien ausbricht – eine Mischung aus Flüstern und Schreien.* Flucht! Oder ... oder ... – *mit weit aufgerissenen Augen* – Selbstmord!

TULLIUS Eine vornehme römische Tradition. Seneka, Lukrez, Marcus Antonius ... Warum sollte ich an Selbstmord denken?

PUBLIUS Was? Das ist – das ich doch – der Ausweg!

TULLIUS Selbstmord, Publius, ist kein Ausweg, sondern das Wort »Exit«, das dort an der Wand steht. Wie der Dichter sagt. Das ist alles.

PUBLIUS Was für ein Dichter?

TULLIUS Hab ich vergessen. Einer aus dem Osten.

PUBLIUS Woher genau?

TULLIUS Westliches Asien. Ich sage ja, Leute mit Beobachtungsgabe ...

PUBLIUS Dann also ... dann ... *Er läuft zum Waschbecken, dreht den Hahn auf und flüstert pfeifend:* Flucht?

TULLIUS Du bist wirklich ein Naiver, liebster Publius. Selbstmord, Flucht. Das ist doch Kinderkram. Fliehen – wohin? Nach Rom, aus dem Turm? Das ist wie Flucht aus der Geschichte in die Anthropologie. Oder besser: aus der Zeit in die Geschichte. Gelinde gesagt – ein Abstieg. Da könnte man auch aus Langeweile verrecken.

PUBLIUS Und was ist hier besser? Da unten passiert wenigstens etwas. Hahnenkämpfe! Hetären. Gladiatoren. Dann der Senat. Die Gesetzgebung. Und ich würde wieder Legionär werden. Und ab in die Hölle. Nach Libyen, Persien! Wenn ich schon kein Dichter bin, will ich wenigstens an der Geschichte teilhaben! Oder zumindest an der Geographie. Besonders, wenn man dazu übers Meer fahren muß.

TULLIUS Das Meer kann man auch von hier sehen. Vor allem bei schönem Wetter.

PUBLIUS Wie die Hahnenkämpfe. Als Aufzeichnung. Konserviert für die Nachwelt.

TULLIUS Oder live. Wollen wir einschalten?
PUBLIUS Meinetwegen ...

Über dem Müllschlucker geht das Lämpchen an.

TULLIUS Publius!
PUBLIUS Was?
TULLIUS Deine Frau kommt.
PUBLIUS Wie?
TULLIUS Dein neuer Nachttisch. Ich glaube, ja.
PUBLIUS *bemerkt das Lämpchen und steht vom Bett auf* Ein Grobian bist du.
TULLIUS Soll ich dir helfen?
PUBLIUS Das mache ich selbst.

Er öffnet das Türchen: von dort schwebt ein neuer Nachttisch, aus Chromstahl herein.

TULLIUS Eine Schönheit, oder?
PUBLIUS Wirklich nicht schlecht.
TULLIUS Aus demselben Material wie der ganze Turm. Nicht irgend ein Dreck.
PUBLIUS Hm-ja, nicht schlecht ... Nur daß sich alles darin spiegelt. *Er stellt den Nachttisch an sein Bett, tritt zwei Schritte zurück.* Wie in einem Zerrspiegel. Aber eben Spiegel.
TULLIUS Kein Schwan ohne sein Spiegelbild ... Vielleicht kühlt dich das ab. Dein südliches Temperament. Oder im Gegenteil, es macht dich heiß.
PUBLIUS Ach, laß mich in Ruhe ... Bist wohl neidisch. Klar, in deinem Alter. In meinem ja auch ... Früher, wenn man den Schwanz in einen Eimer steckte, fing das Wasser an zu kochen. Heute ... *Er winkt ab.*

TULLIUS Auf meinem trage ich deinen Eimer vier Stufen rauf. Besonders früh am Morgen.

PUBLIUS Gib nicht so an.

TULLIUS Wetten?

PUBLIUS Um was?

TULLIUS Um deine Schlaftabletten. Eine Wochenration.

PUBLIUS Find erst mal einen Eimer. Sie geben keine mehr aus.

TULLIUS Wir könnten den Praetor anrufen. Er wird schon einen auftreiben.

PUBLIUS Und eine Trittleiter . . .

Pause; Publius untersucht das Innere des Nachttischs.

TULLIUS Wie die Dinge aus der Mode kommen. So ein Eimer zum Beispiel.

TULLIUS Naja, in ländlichen Gegenden wird er sicher noch gebraucht. Ich weiß noch, in Libyen, zum Beispiel . . .

TULLIUS Aber das ist eben Libyen . . . Wenn es dich nicht gäbe, würde ich an Libyen nicht mal denken. Und an ländliche Gegenden. Überhaupt – an die Welt . . . Diese Horizontale. Grünbraun und blau. Städte und Dörfer. Diese Formen – Quadrate, Dreiecke. Kreuze, Nullen. Dünne hellblaue Linien. Landwirtschaftlich genutzte Flächen.

PUBLIUS Rufen wir den Praetor an und bestellen uns eine Karte des Imperiums.

TULLIUS Oder Tapeten. Was auf dasselbe hinausliefe . . . Der Sinn des Imperiums, Publius, ist, die Sinnlosigkeit des Raums klarzumachen . . . Nach so vielen Eroberungen ist alles gleich. Ob Persien, ob Sarmatien, Libyen, Skythien, Gallien – wo ist der Unterschied? Tiberius hat das geahnt. Genau dasselbe die Weltraumprogramme. Denn was wird das Ende sein? Eine Kohorte auf dem Sirius, eine Kolonie auf dem Canopus. Und dann? kommt die Rückkehr. Weil nicht der Mensch den Weltraum erobert, sondern der Raum den Menschen ausbeutet. Denn aus ihm gibts kein Entrinnen. Du biegst um die Ecke, denkst: in eine andere Straße. Aber es ist dieselbe Straße, denn – sie befindet sich im Raum. Deshalb verzieren sie ihre Fassaden mit Stuck, hängen Hausnummern auf, treiben Unfug mit Namen. Nur um von dieser unheimlichen horizontalen Tautologie abzulenken. Denn alles ist Eingrenzung, Raum: der Grundriß, die Decke, die vier Wände. Süden und Norden, Osten und Westen. Alles Quadratmeter. Oder Kubikmeter, wenn dir das lieber ist. Aber der Raum ist eine Sackgasse, Publius. Groß oder klein, Hähne draufgemalt oder Regenbogen – er ist eine Sackgasse. Eine Bedürfnisanstalt, Publius, unterscheidet sich von Persien nur durch ihre Ausmaße. Zumal der Mensch selbst eine Sackgasse ist. Ein halber Meter im Durchmesser, höchstens. Kubisch oder anatomisch, je nachdem ...

PUBLIUS Ein Raum im Raum, meinst du?

TULLIUS Genau. Eine Sache in sich. Ein Käfig in der Zelle. Eine Oase des Schreckens in der Wüste der Langeweile. Wie der Dichter sagt.

PUBLIUS Was für einer?

TULLIUS Einer aus Gallien ... Und jeder ist gleich. Ich meine anatomisch. Zwillinge oder Doppelgänger. Schwäne. Die Natur, Publius, ist in dem Sinne Mutter, als sie uns mit Vielfalt nicht eben verwöhnt. Du willst aus dem Haus gehn, in die Stadt, ein Blick in den Spiegel – und du läßt es. Oder deinen Nachttisch da ... auch wenn er verzerrt ... Deshalb grabschen ja alle nach Klamotten – diesen bunten, verschieden geschnittenen Togen ...

PUBLIUS Tuniken ...

TULLIUS Chitonen.

PUBLIUS *interessiert* Was ist das?

TULLIUS Leichte Oberbekleidung. Über der Tunika zu tragen. Ebenfalls griechisch ... Unwichtig ... Nur um nicht auf sich selbst zu stoßen ... Um die eigne Begrenzung nicht erkennen zu müssen ... Das ganze Elend ist doch, daß die Menschen viel mehr Gemeinsames haben als Unterschiede. Und dieser Unterschied bemißt sich in Zentimetern. Kopf, Arme, Beine, die kausale Stelle; bei den Weibern noch die Titten. Aber vom Gesichtspunkt des Raumes, Publius, vom Gesichtspunkt des Raums geschieht etwas Eingeschlechtliches, wenn du ein Weib besteigst. Auch wenn es kein Weib ist. Eine topographische Perversion. Topo-Sexualität, wenn du so willst. Tautologien. Tiberius hat das begriffen, weil er Kaiser war. Als Kaiser war er gewohnt, die Untertanen als Masse zu sehen. Denn was macht ein Kaiser? Er sucht immer den gemeinsamen Nenner.

PUBLIUS Na, der erste, der darauf gekommen ist, war doch wohl der Kaiser von China. Dessen Untertanen hatten noch mehr gemeinsam. Den Nenner wie auch den Zähler ... Die hatten nicht mal eine Demokratie. Bei denen steht einer für alle.

TULLIUS Die haben eine Milliarde und mehr, Publius. Selbst wenn man da pro Million einen Senator wählte, kannst du dir diesen Senat vorstellen, ja? Die Abstimmungsergebnisse? Sagen wir 70% dafür, 30% dagegen. Das gibt eine Minderheit von dreihundert Millionen.

Publius Ja, manch einer ist mit sehr viel bescheideneren Wahlergebnissen Kaiser geworden.

Tullius Darum geht es gar nicht, Publius! Nicht um Zahlen. Natürlich ist eine Milliarde auch schon ein Raum. Besonders, wenn du sie Schulter an Schulter aufstellst. Aber wenn die noch anfangen sich zu besteigen. Zu kopulieren ... Dann ist das kein Raum zur Selbsterhaltung mehr, sondern einer, der zur Expansion tendiert ... Deshalb bringen sich die im Osten ja mit einer solchen Gleichgültigkeit gegenseitig um. Weil sie so viele sind. Und wo viele sind, sind viele ersetzbar. Dieser, wie hieß er noch, der Skythenzar? Na, letztes Jahrhundert des Christentums – genauer, des Postchristentums – er hat immer gesagt: niemand bei uns ist unersetzlich ... Es geht nicht um die Zahlen. Es geht um den Raum, der dich auffrißt. In Gestalt von Kilometern oder in Gestalt von deinesgleichen. Und du kannst nicht fliehen, es gibt kein Entrinnen – es sei denn in die Zeit. Das hatte Tiberius im Sinn. Er allein hat das begriffen. Weder der Kaiser von China noch seine östlichen Satrapen haben das geschnallt. Tiberius sehr wohl. Und daher – der Turm. Er ist nichts anderes als eine Form des Kampfes gegen den Raum. Nicht nur gegen die Horizontale, sondern gegen die ganze Idee. Er reduziert die Begrenzung auf ihr Minimum. Er stößt dich geradezu körperlich hinaus in die Zeit. In die reine Zeit, die nicht besudelt ist mit diesen Scheißkilometern; in den reinen Chronos ... Denn Abwesenheit von Raum ist Anwesenheit von Zeit. Für dich ist das hier – Zelle, Gefängnis, Kerker; weil du ein Barbar bist. Und Barbaren wollen Lebensraum ... die Glieder in Bewegung halten ... Staub aufwirbeln ... Für den Römer ist der

Turm ein Mittel, die Zeit zu erkennen. In sie einzudringen. Und als solches Mittel ist er perfekt, schau doch nur: mit allem Lebensnotwendigen ausgestattet ...

PUBLIUS Stimmt. Danach geht nichts mehr. So gesehen, gibt es nichts besseres als diese Zelle.

TULLIUS Noch besser ist sicher Einzelzelle. Noch weniger Raum. Vor allem anatomischen ... Danach, klar, kommt nur noch der Sarg. Wo der Raum aufhört und du selber zu Zeit wirst. Obwohl, Einäscherung wäre noch besser ... Aber das hängt vom Praetor ab.

PUBLIUS Und wohin die Urne mit der Asche? Zu den Familienangehörigen?

TULLIUS Am besten in den Müllschlucker. So gelangt sie wenigstens in den Tiber. Und nimmt keinen Platz weg. Ich meine, keinen Raum ein ... Aber das hängt natürlich vom Praetor ab.

PUBLIUS Nein, ich würde sie lieber meinen Angehörigen überlassen. Soll mein Octavian wenigstens wissen, wo sein Papa verscharrt ist. Sonst wärs, als hätte es mich nie gegeben. Nur die Rente ... Ich meine, es war doch nicht der Heilige Geist ...

TULLIUS Ja, die Schwarzröcke hat Tiberius nicht leiden können ...

Pause.

PUBLIUS Wenn du mich lassen würdest, könnten wir den Raum verringern. Und zusammen schlafen.

TULLIUS Könnten wir. Um zehn Zentimeter.

PUBLIUS Fünfzehn! Soll ich ihn rausholen?

TULLIUS Hör auf! Ich hab ihn ja gesehen. Höchstens zehn, und auch die nur mit Mühe.

PUBLIUS Fünfzehn! Wetten wir?

TULLIUS Um deine Schlaftabletten.

PUBLIUS *verlegen geworden* Dafür – ein Durchmesser. Und beschnitten. Weißt du, zehn Zentimeter liegen auch nicht einfach auf der Straße.

TULLIUS Wir würden nichts verringern, sondern im Gegenteil erweitern ...

PUBLIUS Auch wenn es nur zehn sind?

TULLIUS Auch wenn es nur zehn sind.

PUBLIUS Ach, leck mich ... Ich will ja gar nicht ... *Verärgert.* Die Welt endet nicht an deinem Arschloch. Glaub das nicht ... Als wir mit unserer Kohorte in Libyen standen, habe ich einen Araber gekannt. Der hat mich für ein paar Sesterzen in sein Nasenloch gelassen. Der war so mäkelig wie du, und hat Platz gespart. Und wenn der Kunde fertig war, hat er sich geschneuzt ... Gestorben ist er an Katarrh der oberen Atemwege.

TULLIUS Ruf lieber zu Hause an.

PUBLIUS Ruf du doch an! Zu Hause! ... Wo du nie wieder hinkommst. Da kannst du auch gleich im alten Griechenland anrufen. Oder im biblischen Judäa ... »Zu Hause.« Sag auch gleich noch – »Mama«. Am liebsten würde ich ihnen die Urne sofort schicken. Sie würden es nicht mal überprüfen. Für sie bedeutet »lebenslänglich« nämlich mehr als für uns. Weil bei ihnen Leben stattfindet. Hier dagegen ... Spielen wir eine Partie Schach ...

TULLIUS Das Schachspiel, Publius ... haben wir eben erst gegen Horaz eingetauscht.

PUBLIUS A-ach, das war mir ganz entfallen.

TULLIUS Treibs nicht zu toll mit dem Nachttisch.

PUBLIUS Wollen wir ein bißchen fechten?

Tullius So spät in der Nacht? Sagte das Mädchen zum Legionär.

Publius Stimmt auch wieder ... Soll das ewig so weitergehen? Bis ans Ende unserer Tage. Wer weiß, wann das kommt. Bei dieser Diät ... Und wenn es dann da ist, merkt man es angeblich nicht einmal ... Also ewig ... Auch noch in vierzig Jahren. Oder vielleicht in zwanzig. Wenn wir zum Fechten keine Kraft mehr haben. Ganz zu schweigen vom Schachspielen. Und die ganze Zelle vollgestellt mit ... Büsten ... »Ewig«, das ist, wenn du nicht mehr weißt, wieviele es heute sind ... mit Horaz oder ohne? ... Und morgen hab ichs schon vergessen. Oder übermorgen ... Vielleicht fängt das »ewig« morgen schon an? Oder hat es nicht schon angefangen? *Er schreit.* Ich weiß nicht mehr, wieviele es gestern waren! Sechzehn? Vierzehn? Mit oder ohne Horaz? ... Es ist zum Verrücktwerden!

Tullius Aus genau diesem Grunde haben sie uns zusammengesteckt. Damit das nicht eintritt.

Publius – ?

Tullius Sondern jeder Gedanke durch zwei geteilt wird.

Publius – ?

Tullius Wie in einer Ehe. Außerdem zeichnen sie ja alles auf. Und ein durch zwei geteilter Gedanke ist immer leichter zu verstehen ... Ganz abgesehen davon, daß er auch leichter zu ertragen ist.

Publius Du meinst, wir sind hier ... zu Unterrichtszwecken für die Nachwelt ... wie die Meerschweinchen?

Tullius Aber nein. Außerdem besitzen Meerschweinchen nicht die Gabe der Rede. Die müßte man interpretieren ... Verhaltensforschung nennt man das, Behaviorismus ... Und niemand wird später die Zeit haben, sich mit uns zu befassen. Es ist schließlich lebenslänglich ... Gewisse Gedanken haben in einem Kopf allein keinen Platz. Sie brauchen, um Gedanke zu werden, mehr als nur ein Gehirn ... Wie ging das noch: ein Kopf ist gut, zwei sind besser ... Volksweisheit. Um einen Gedanken zu Ende zu denken ... Die Wahrscheinlichkeitstheorie, zum Beispiel. Oder dieses dein »ewig«.

PUBLIUS Aber das heißt ... das heißt, daß wir zu einem einzigen Gehirn zusammenwachsen. Was die Gedanken betrifft. Wo ein Gedanke sich bettet, findet er sein Gehirn. Rechte und linke Hemisphäre.

TULLIUS Ich wäre lieber die linke.

PUBLIUS Aber warum können wir dann nicht auch in einem Bett liegen?!! Ein Gehirn, also auch ein Körper!

TULLIUS Das ist ja der Witz, ein Körper kann verrückt werden, zwei aber nicht. Jedenfalls nicht über ein und demselben Gedanken.

PUBLIUS Du lehnst also ab ... Und selber immer – »Einzelzelle, Einzelzelle« ... Ein Gedanke für zwei, aber unter einer Bettdecke – das wäre die wahre Einzelzelle ...

TULLIUS Na, mit deinem »ewig« deckst du dich einen Scheiß zu. Um so weniger zwei.

PUBLIUS –?

TULLIUS Du bist ein Egoist. Wie alle Barbaren. Dein »ewig« betrifft doch nur dich. Du denkst nicht an die Zeit, Publius: du tust dir selbst leid. Und mit Selbstmitleid kann man leben, sogar angenehm. Ob ich dich lasse oder nicht – du würdest dich nur selbst bemitleiden. Sogar wenn ein Weib dich lassen würde, oder sogar ein Knabe ...

Publius Woher willst du das wissen!?

Tullius Und wieso hast du dann in deinem Libyen sämtliche Bordelle heimgesucht? Du hattest doch eine Frau. Und deinen, wie hieß er noch? – deinen Octavian. Du warst doch nicht im Turm?

Publius Du willst sagen, man hat mich verpfiffen ...

Tullius *fährt fort* Du hast dich immer selbst bemitleidet, das ist es. Und du tust es noch heute. Dein »ewig« bedeutet nur den Grad, in dem du es tust. »O je, so wird es morgen sein, und übermorgen auch. O je, und gestern war es genauso. O je, ich armer kleiner Junge.«

Publius *platzt heraus* Und du! – und du! – und selber! Weißt du, wieviele Büsten gestern hier standen?

Tullius Keine Ahnung. Was ändert das? Fünfzehn. Sechzehn. Jedenfalls wäre ich lieber die linke Hemisphäre.

Publius Aber ich, ich hab es mir gemerkt. Es waren vierzehn!

Tullius *läßt den Blick über Regale und Nischen gleiten* Es sind aber immer noch vierzehn; mit Horaz.

Publius Ah ja! ah ja! Weil wir uns gestern Seneca bestellt hatten und er uns nicht gefallen hat. Und wir ihn zurückgeschickt haben, mit seinem Bart. Heute haben wir uns Horaz bestellt, da waren es wieder vierzehn. Es waren vierzehn, dann dreizehn. Dann wieder vierzehn. *Er faßt sich an den Kopf.* Was rede ich da? Waren es nicht doch FÜNFZEHN?

Tullius Reg dich nicht auf, Publius. Addition und Subtraktion, was ändert das. Sind nur gleichzeitig erfolgt. Während du gewohnt bist, eins nach dem anderen zu tun. Was solls. Wieviele Büsten es waren ... Wie das Wasser in der Badewanne. Aus zwei Hähnen läuft es ein, aus einem fließt es ab.

Publius *mit gesenkter Stimme* Das habe ich nie begreifen können.

Tullius Ich auch nicht ... A propos Badewanne – sollten wir nicht ein kleines Bad nehmen. So spät in der Nacht ...

Publius Es ist aber zum Verrücktwerden! Es werden doch immer mehr Büsten! Immer noch mehr! ...

Tullius *geheimnisvoll* Vielleicht ja. Vielleicht ist aber auch eines Tages keine mehr da.

Publius *mißtrauisch, lauernd* Was willst du damit sagen?

Tullius *besinnt sich plötzlich* Klassiker – äh – so viele gibt es ja gar nicht. Jedenfalls nicht unter den Römern. Ein bis zwei, und Schluß.

Publius *schreit* Fünfzehn!

Tullius Hauptsache, man bringt sie nicht mit den Imperatoren durcheinander. Ennius, Lukrez, Terenz, Catull, Tibull, Properz, Ovid, Vergil, Horaz, Martial, Juvenal. Hauptsache, man bringt sie nicht mit den Imperatoren durcheinander. Nicht mit den Oratoren, und nicht mit den Imperatoren. Und nicht mit den Dramatikern. Nur die Dichter.

Publius Weil es zu wenig Marmor gibt.

Tullius Auch nicht mit den Griechen. Noch weniger mit den Christen. In deinem Fall ist das besonders wichtig.

Publius Warum?

Tullius Weil es für Barbaren immer leichter ist, Christ zu werden als Römer.

Publius – ?

Tullius Das Selbstmitleid, Publius, das Selbstmitleid. Du willst doch von hier fliehen. Oder dich umbringen. Das heißt, du willst das ewige Leben. Ewig, aber vor allem das Leben. Mit nichts anderem bringst du dieses Adjektiv in Verbindung. Je ewiger, desto mehr Leben, nicht wahr?

PUBLIUS Na und? Was ist daran schon wieder schlecht?

TULLIUS Nicht doch, nicht doch ... wo denkst du hin? Daran ist nichts Schlechtes. Eher im Gegenteil. Um so mehr, als alles machbar ist: man kann fliehen, kann sich umbringen, man kann auch das ewige Leben erlangen. Möglich ist das alles, Publius. Aber gerade dieses Streben nach dem Möglichen ist für den Römer die schlimmste Ungezogenheit. Und deshalb, liebster Publius ...

PUBLIUS Wie?! Was hast du gesagt? Du meinst, fliehen wäre möglich? ja? Du hast gesagt, das wäre machbar ... Habe ich mich nicht verhört?

TULLIUS Nein, liebster Publius, es ist machbar. Alles ist machbar. Und bis dahin ...

PUBLIUS *springt auf, brüllt* Aber wie?!? Wie? Wo? *Er blickt sich wie wahnsinnig um, wie auf der Suche nach einem Ausweg, wie mit dem Verdacht, er könnte etwas übersehen haben; stürzt dann zum Müllschlucker, zur Lifttür, zum Fenster – betastet die Scheibe – zum Vogelkäfig, von einer Ahnung durchdrungen, wendet sich enttäuscht ab, usw. Eine etwa zweiminütige Pantomime, im Verlauf derer Tullius, die Arme auf dem Rücken verschränkt wie ein Schullehrer, die Büsten betrachtet.* Wie? Wo? *Seine Erregung läßt nach.* Du lügst, du Sau. Ein Scheißdreck ist machbar. Jedenfalls in der gegebenen Inkarnation. Wenn wir nicht lebenslänglich hätten, würde ich dir jetzt die Fresse polieren ... Du bist ein Dreckstück, Tullius, eine Ratte; eine große alte römische Ratte. Schamlos. Gewissenlos. Sich über einen einfachen Menschen lustig machen. »Machbar ist alles, alles ist möglich ...«

TULLIUS *ohne die Haltung zu verändern* Um was wetten wir?

PUBLIUS Um deine Schlaftabletten.

TULLIUS Lieber um deine. Meine sind alle.

PUBLIUS Die Wette gilt ... *Ihm dämmert etwas vom Hintergedanken dieser Wette, aber er ist zu faul, das zu Ende zu denken.* Also, was ist ... du hast sie doch nicht mehr alle ... Aber wenn ich verliere, das heißt, wenn du gewinnst, dann ...

TULLIUS Bis dahin, liebster Publius, sprich mir nach: Ennius, Terenz, Lukrez ... Na los, mach schon!

PUBLIUS *spricht ihm nach, zählt dabei an den Fingern ab* Ennius, Terenz, Lukrez ...

TULLIUS Catull, Tibull, Properz.

PUBLIUS Catull, Tibull, Properz.

TULLIUS Vergil, Ovid, Horaz.

PUBLIUS Vergil, Ovid, Horaz.

TULLIUS Lukan, Martial, Seneca.

PUBLIUS Lukan, Martial, Seneca ... Fünfzehn.

TULLIUS Juvenal ... ach, nehmen wir die Historiker dazu. Plinius, Tacitus, Sallust ...

PUBLIUS Plinius, Tacitus, Sallust ... schlafen – ach möchte ich schlafen ...

TULLIUS Nimm eine Schlaftablette. Du hast ja noch welche.

Pause; während der sich der Vorhang um ein Viertel senkt.

PUBLIUS Ja. Ja, du hast recht.

PUBLIUS *drückt die flache Hand auf das Pult am Kopfende, auf dem Monitor leuchtet auf: »Publius Marcellus, Nr. 1750 – A«; dann drückt er auf einen Knopf, und auf dem Monitor erscheint: »Auftrag – Schlaftablette.« Daraufhin erscheint in einer Öffnung neben dem Pult, wie per Rohrpost, ein länglicher Zylinder, der, wenn* Publius *ihn in die Hand nimmt, das typische Klappern von Tabletten erzeugt.* Tullius *verfolgt alle diese Handgriffe wie hypnotisiert.*

Publius Du kannst sagen, was du willst, aber es sind immer noch meine Fingerabdrücke, nicht deine. *Er schüttet einige Tabletten in die hohle Hand, geht an die auf dem Tisch stehende Karaffe, wirft die Tabletten in den Mund und trinkt, direkt aus der Schneppe der Karaffe, Wasser hinterher.*

Tullius *schluckt den Speichel herunter* Die römischen Computer ... sind für ihre Gastfreundschaft berühmt. *Er steckt sich eine Zigarette an.*

Publius *geht in die Toilette; es ertönt das laute Plätschern eines fallenden Stroms, dann das Geräusch der Wasserspülung, das übergeht in das eines laufenden Wasserhahns: er putzt sich die Zähne, gurgelt, während er spricht* Catull, Tibull, Properz, Vergil, Ovid, Horaz, Catull, Tibull – *Er kommt aus der Toilette, geht quer über die Bühne auf seine Bettstatt zu* – Properz, Ovid, Vergil, Horaz – *setzt sich in seinem Alkoven, um sich die Sandalen aufzubinden, und fällt plötzlich, in dieser Stellung, auf die Seite und schläft augenblicklich ein.*

Pause. Nach welcher Tullius *aufsteht, zum Alkoven von Publius geht und Publius ins Bett legt, wobei er ständig auf den Zylinder mit den Tabletten schielt. Er nimmt das Röhrchen in die Hand, liest das Etikett. Schluckt den Speichel herunter. Legt das Röhrchen an seinen Platz zurück, schaut zum Fenster – Mond und Sterne sind aufgegangen. Pause. Wonach* Tullius *den Vorhang von Publius' Alkoven zuzieht und dann zu einer der Nischen geht; er nimmt von dort eine Büste, sagen wir die des Vergil, herunter und schleppt sie ächzend zu der Öffnung des Müllschluckers. Dort setzt er sie auf dem Paneel ab, das in der Zelle als Eßtisch dient – ein in der Höhe verstellbares Brett, mehr oder weniger wie in Krankenhäusern. Die folgenden fünf bis zehn Minuten ist Tullius damit beschäftigt, die Büsten aus den Nischen und von den Regalen zu holen und auf diesen Tisch zu heben. Er gerät dabei ins Schwitzen, außer Atem; entblößt sich bis zum Gürtel und lauscht, wenn er innehält, um zu verschnaufen, dem lauten Schnarchen von Publius.*

TULLIUS *lauscht, während er sich aufrichtet und sich den Schweiß von der Stirn wischt, dem Schnarchen von Publius* Da drückt er nun die Wanzen platt! In – wie hieß er noch? – in Morpheus' Armen. »Lesbia, wo warst du? Ich lag in Morpheus' Armen . . .« Catull fliegt also als erster runter. Erstens ist er nur eine Kopie, um die ists nicht schade . . . zweitens ist er schrecklich populär . . . in alle Sprachen übersetzt . . . und ein Gewicht wie ein Imperator . . . Wiegt sicher über einen Zentner . . . mehr als Horaz . . . Bei einer Beschleunigung von 9,81 . . . und wenn er 700 Meter fliegt . . . dann ist der Fleischwolf natürlich im Eimer. Und die lieben kleinen Krokodile sinds auch. Das heißt, bestenfalls kriegen die lieben kleinen Krokodile Marmor zu kauen . . . und das ist was andres . . . kein Hackfleisch . . . Daran könnt ihr euch die kleinen Beißerchen ausbrechen . . . Und dann hauen wir euch noch den Vergil drauf. Vor allem, weil die Ähnlichkeit des Porträts nicht gerade erschüttert . . . Und wer hat ihn überhaupt je gesehen . . . Vielleicht nicht mal er selbst . . . Anonymer Autor . . . »Seht auf den Wiesen die Schäflein, sie werden die Glöckchen auffressen / Daß man sich später nicht kleide in ihre hellblaue Seide . . .« Wirklich hübsch . . . Wie diese ganze endlose Aeneis. *Er schiebt die Büste Vergils nah an die*

Öffnung des Müllschluckers. Schwer ... Aber ein Dichter ... Episch, sagt man ... Nein, ich möchte nicht mit diesen kleinen Krokodilen tauschen ... 35 000 Kilogramm, beim Aufprall ... 500 Stundenkilometer. Und – rumms, auf die Schnauze ... Und dann noch Lukrez ... Der schläft sowieso, dem ist es egal ... »Und glücklich ein jeder, der die Gründe der Dinge begreift ...« Uff! ... und sei es, weil die Gründe der Dinge jeden erreichen, egal, ob er glücklich oder unglücklich ist ... Wie ging das noch ... *Er deklamiert:*

»Außerdem gibt es Dinge, für die nicht ein Grund allein / Ausreicht, denn ihrer sind viele – aber nur einer ist wahr. / So, wenn du selber von ferne entseelt siehst den Leib eines Menschen, / Wirst du – und das ist am besten – sämtliche Gründe für Tod / Aufzählen müssen – und doch ist nur einer von ihnen der Wahre; / Wie denn beweisen, ob er durch Schwert oder Kälte gestorben, / Sei es denn an einer Krankheit, vielleicht war es aber auch Gift; / Jedenfalls wissen wir, daß ihm von all diesen Dingen nur eines / Zustieß – und das ist der Grund, über viele Dinge zu sprechen.«

Hm-ja ... ich möchte wirklich nicht mit diesen kleinen Krokodilen tauschen ... Wollen wir das Ganze ein bißchen verwässern. *Er schleppt eine weitere Büste herbei.* Tibull ... So jung gestorben ... Und nichts als über junge Mädchen ... Delia, und so weiter ... Oder Properz ... Im Grunde auch nur über Cynthia ... Ach, Jungs, wer kennt euch heute noch ... Oder noch besser Seneca ...

ein Selbstmörder ... Wunderschön sein Vers über die Verbannung, als er noch auf seiner Insel – Korsika, oder? – herumhing:

»Hier, wo der Verbannte lebt zusammen mit seiner Verbannung ...«

Paßt genau auf die hiesigen Verhältnisse ... Ach, liebster Publius, wenn du doch die römischen Dichter kennen würdest ... Dann wärst du weniger nervös. Und würdest die Schlaftabletten so rausrücken, ohne zu feilschen, als Stoiker. Und ich, du Drecksack, müßte hier nicht rackern wie bekloppt. Und der Zerhacker würde weiter normal funktionieren, und die lieben kleinen Krokodile – oder sind es Knäuel von Schlangen – wären weiter gesund und munter. Aber nein! Lucius Anneius Seneca, als wär ein Selbstmord noch nicht genug, muß gleich mit einer Geschwindigkeit von 500 km pro Stunde da runtersausen ... Also mit fast 130 Metern pro Sekunde. Und desgleichen Lukan, Marcus Anneius Lukan, Autor der »Pharsalia« ... zum einen natürlich, weil er mit Seneca verwandt war ... und natürlich, weil auch er Selbstmord verübt hat, wenn auch als junger Mann ... hat sich die Pulsadern aufschneiden lassen, ehe Nero es konnte ... Aber nicht schlecht sein Vers über die eigenen Adern:

»Nie ist auf solcher breiten Straße das Leben ausgelaufen ...«

Igitt, das schon; aber toll. Hat schon gute Autoren gegeben in Rom. Nur ziemlich schwer ... Und ich kann sie jetzt herumpanzen, nur weil sich ein Flegel und Barbar für einen römischen Bürger hält und weil die Tiberianische Reform auch für ihn gilt, mit allen sich daraus ergebenden Folgen, inclusive Schlaftabletten ... Die Überreste der Demokratie ... Dabei kennt er keine Zeile von Martial, keine einzige von Juvenal oder Persius – und daher: nimmt er Schlaftabletten ... Keinerlei geistige Tätigkeit: die pure Verdauung – also schön, gibt man ihm Kalziumbarbiturat, und der Fall hat sich! Demokratie ... Und dafür brechen sich jetzt diese Jungs – *Geste zu den Büsten* – Nasen und Ohren! ... Tja! Da kann man nur einen kippen, oder. *Er geht zu der Amphore.* Einen für unterwegs. »Mit der Bitternis Falernums, Jüngling / Füll mir den Pokal ...« *Er wendet sich um, nachdem er das Glas gefüllt hat.* Ja, die Klassiker. Abgeschlagene Köpfe der Zivilisation ... Herrscher des Geistes. Wie oft hat man der Literatur vorgeworfen, sie erleichtere die Flucht aus der Wirklichkeit! Höchste Zeit, diese Vorwürfe beim Wort zu nehmen. Höchste Zeit, aus den Wolken herabzusteigen – *er öffnet das Türchen des Müllschluckers* – auf die Erde. Von den Sternen, sozusagen, zurück zu den Dornen. In des Tibers trübe Wasser. Wie der Dichter sagt.

Mit diesen Worten stößt Tullius *die Büsten der Klassiker, eine nach der anderen, in die Öffnung des Müllschluckers. Zurück bleiben nur zwei – die von Ovid und Horaz.* Tullius *stopft seine Matratze in den Müllschlucker, die Kissen hinterher, und klettert schließlich, im Krebsgang, selbst in die Öffnung.*

Tullius *an die zurückbleibenden Büsten gewandt* Ihr seid mir zu schade. Du – *er tätschelt Horaz den Scheitel* – hast dich hier noch gar nicht richtig einleben können. Und du – *zu Ovid* – wie ging das noch ... Nec sine te, nec tecum vivere noch possum. Ich kann nicht ohne dich, doch auch nicht mit dir leben ... Was wahr ist, muß wahr bleiben. *Mit diesen Worten hält Tullius sich die Nase zu und verschwindet im Müllschlucker.*

Vorhang. Ende des II. Akts.

III. Akt

Dieselbe Zelle. Früher Morgen. Sonnenstrahlen spielen an der Decke, sie dringen wie von unten herauf. Lauter Gesang des Kanarienvogels: von ihm wacht Publius auf.

PUBLIUS *räkelt sich* U-li-tititjuuuu, uli-titi-tjuuuu, tjuuu . . . Tibull, Catull, Properz . . . Tjuuu, tjuuu . . . Singt doch wieder, der kleine Scheißer . . . hörst du, Tullius . . . he? . . . schläft noch . . . O-ou! *Er setzt sich im Bett auf, hält sich den Kopf.* O-ou, diese Barbiturate . . . lassen grüßen . . . Also, Kaffee. *Er drückt mit mechanischer Geste die flache Hand an das Pult, auf dem Monitor leuchten auf: Name, Zellen-Nummer und das Wort »Auftrag«; ebenso automatisch drückt Publius einen Knopf – als Antwort leuchtet das Wort »Kaffee« auf; die Hand fällt leblos herab, das charakteristische Geräusch einer Espressomaschine ertönt, und im Zuschauerraum riecht es nach Kaffee.* Uli-titi-tjuu . . . Siehst du, und er steht doch, ha! . . . Wieviel Zentimeter wirst du haben, mein Schöner? . . . Uuuuh . . . was ein Kerl . . . uuuh, ich würd am liebsten . . . wie sagte – wer? Nero oder Claudius – na, einer von den Alten: Trau nie dem Schwanz, der morgens steht: nicht ficken will er, er will pissen. O-ou fff . . . oh Mann oh Mann!

PUBLIUS *reißt den Vorhang auf und läßt die Beine vom Bett hängen. Eine Zeitlang sitzt er so da; dann steht er auf und geht in die Toilette: dieselben Geräusche, die am Ende des voraufgegangenen Aktes zu hören waren. Er kommt aus der Toilette, geht zu seinem Alkoven, schenkt sich Kaffee ein, steht auf und geht zum Fenster, räkelt sich, nimmt einen ersten Schluck, fingert nach einer Zigarette, raucht sie an.*

PUBLIUS Was für ein Tag, Liktoren-Praetoren! Der Tiber

windet sich durchs Tal, die Berge schimmern blau. Ganz Rom, Scheißstadt, wie hier auf meiner Hand. Die Pinien rauschen – jede Nadel sieht man einzeln. Die Springbrunnen wie Lüster aus Kristall ... Das ganze Reich kann man von hier aus sehn: von Judäa bis Castricum ... Man fühlt sich wie ein Princeps ... Obwohl, es kann natürlich sein, daß sie uns das nur ... so ... vorspielen ... Eh, Tullius, was glaubst du? ... Schläft, der Drecksack ... Verpennt so einen Tag ... Ist wahrscheinlich doch live ... Aber selbst wenn es eine Aufzeichnung wäre ... dann haben sie es aufgezeichnet, weil es schöner nicht sein kann ... *Er trinkt Kaffee.* Tullius, eh, Tullius! Steh auf, wie kann man nur so lange pennen ... So ein Tag! ... Eh, Tullius!

PUBLIUS *dreht sich um und bemerkt erst jetzt, daß etwas nicht stimmt: das Fehlen der Büsten und die allumfassende Unordnung im Alkoven von Tullius.*

PUBLIUS Tullius!! *Er stürzt zu dem Alkoven.* Tullius, wo bist du!?!? Tullius!!! Tullius!!! *In Sorge, die in Entsetzen übergeht, da er begreift, daß Tullius verschwunden ist.* Tullius, wo bist du? *Er stürzt zur Toilette, aus der er – es wird ihm im Laufen bewußt – eben selbst erst zurückgekommen ist; schaut unter das Bett, sucht überall, wo ein menschlicher Körper versteckt sein könnte.* Und die Klassiker ... *Er hastet auf der Bühne hin und her; eine ganze Pantomime, bestehend aus sinnlosen Handlungen, denen die Verzweiflung anzumerken ist: er riecht an der Unterwäsche, blättert wie rasend in einem herumliegenden Buch, schaltet das Licht an und aus, tastet die Fensterscheibe ab usw.* Tullius! Wie kannst du bloß. Und Ovid. Ovid und Horaz. Fünfzehn minus zwei. Dreizehn. Die Unglückszahl. Hab ichs doch gewußt. Was? Was gewußt? Zahlen gibt es nicht mehr. Und wieso Zahlen? Wieso Zahlen? Tullius ist nicht mehr da. Verpaßt so einen Tag. Und was mache ich jetzt – und mit wem? Ich werd wahnsinnig! Wem zuliebe hast du Drecksack mich verlassen? Wem zuliebe – *er fällt in die Knie* – hast du mich hier sitzen lassen, ha – *sein Mund bleibt weit offen stehen* – ha? – ha? – ha? Da, da, sie kommt auf mich zu, da, da – die Zeiiit. *Mit Entsetzen in den Augen weicht er auf die Hinterbühne zurück.* Nichts ist mehr, neiiiin . . . *Pause; in ruhigem Ton.* Auf der anderen Seite, sie werden mir schon jemanden schicken. Ein geweihter Platz bleibt nie leer. Dann sollen sie mir wenigstens einen Jüngeren schicken . . . Denn sie werden einen schicken. Sie müssen. Trotz den Senatsliberalen. Sonst wäre Platz verschenkt. Immerhin acht Quadratmeter pro Nase. Was soll ich mit so viel Platz? Zweites Bett . . . Tasse . . . zweite Toga . . . Also, Tullius, wie denn nun, hm? Das würde ja so aussehn, als ob sie mich . . . als ob ich . . . »Ach, es hat der Schein getrogen / von ihnen bleiben nur die Togen . . .« Vor allem, eine Tasse mehr. Leer. Tullius!!! . . . Stop. Vielleicht wird das ja live übertragen . . . Als Aufzeichnung. Stereo, dreidimensional, Vierkanalton – stand ja in der Zeitung, das haben sie erfunden. Darum antwortet er auch nicht. Weil das alles vom Band kommt . . . *Er greift sich seine noch dampfende Kaffeetasse und läuft damit über die Bühne zum Alkoven von Tullius, nimmt die leere Tasse, schenkt Kaffee hinein und trinkt daraus.* Oder – oder – oder – sie zeigen mich *ihm* – live. Als Aufzeichnung. Darum antwortet er nicht. Stop! Das kann nicht sein! *Er faßt sich an die Schläfen.* Oder – es ist eine Überlappung! Eine Überblendung! Zwei Aufzeichnungen ineinandermontiert!

Oder Aufzeichnung plus live-Sendung! Was das Leben ja ist! Das heißt, die Realität! Weshalb man immer versucht, besser auszusehen, als man aussieht. Den Bauch einzieht ... Aber was ist dann der Bildschirm?!! *Er schenkt Kaffee in* seine *Tasse zurück und trinkt.* Oder – es ist eine Aufzeichnung – in die man mich – live dazuschaltet. Das heißt, die Definition der Wirklichkeit. Die Formel der Realität. *Er öffnet das Türchen des Müllschluckers, schaut hinunter.* Tullius! Hejaheja! ... Jedenfalls, wenn sie mir einen schicken, dann lieber einen Jüngeren. Auch wenn es nur eine Aufzeichnung ist ... Und je eher, desto besser. *Er hebt den Telephonhörer ab, wählt die Nummer.* Hr. Praetor, hier Publius Marcellus von 1750. Ja, guten Morgen. Hr. Praetor, Tullius Varro ist verschwunden. Ja, ich kann ihn nirgends finden. Nehme an, er ist geflohen. Ja. Wie? Das ist bekannt? Ihnen ist das bekannt!??! Wie, auf welche Weise? Die Video-Kamera, ja? Live-Sendung ... Na ja, wie ich Ihnen immer sage: »nichts damit zu tun.« Waaaaas? Er hat selbst angerufen? Von welcher Straße? Via dei Fonari?! Aber das ... das ist ein Steinwurf bis zum Kapitol! Herr Praetor, der Mann ist gefährlich ... Hä? Wie? Hat gebeten, mir auszurichten, er hätte Hirse gekauft? Hirse? *Er schreit.* Was denn für Hirse!!!??? ... Was für Hirse, Herr Praetor!? Was sagen Sie? Sind Sie noch zu retten? ... Wie? Für den Kanarienvogel? Heilige Mutter! Wo?! Im »Selva«? Was – zwei Kilo? Bittet um Verzeihung, daß es nur zwei sind? Hatte nur eine halbe Sesterze? A-a-ah!!! *Er faßt sich an den Kopf.* Unterwegs – wohin? Nach Hause???? Hr. Praetor, was meinen Sie ... Wie? Kommt zurück?? Was heißt – er kommt zurück? Was heißt ruhigstellen, was? Ja ... Trankwi ... Trankvillei ... Tranquilizer ... Einnehmen, ja ... Aber er ... was? In fünf Minuten? Wenn nicht noch eher? Gleich nach der Desinfektion??? ... Mit Wasser nachspülen, ja ... *Er hängt ein.* Oh, fff ... oh, fff ... o Mannomann ... ich glaub, ich raste aus ... *Er fährt mit mechanischer Geste mit der flachen Hand über das Pult, auf dem Monitor leuchten auf Name-Nummer-Auftrag: Tranquilizer, dann kommen aus der Öffnung eine Schachtel mit Tabletten und ein Glas Wasser.* Andererseits ... andererseits könnten sie auch einen Methusalem zu mir setzen. Garantien gibt es keine. Das Gesetz gilt für alle gleich ... Aber einen Knaben könnten sie auch schicken ... *Er springt auf, weil ihm plötzlich etwas dämmert.* Die Schlaftabletten. *Er packt das Röhrchen und rennt damit in der Zelle hin und her – auf der Suche nach einem Versteck.* Er findet sie ... Hier findet er sie ... hier auch ... zwischen die Bücher ... nein ... Heureka! ... *Er stürzt zum Alkoven von Tullius und versteckt das Röhrchen unter dem Bett. In dieser Stellung trifft Tullius ihn an, wenn er den Lift verläßt.*

TULLIUS Was hast du da zu suchen?

PUBLIUS Ach du bist es? *Mit gespielter Ruhe.* Sandalen. Ich habe eine von meinen verloren.

TULLIUS Die linke oder rechte?

PUBLIUS Die rechte. Obwohl ja beide gleich sind.

TULLIUS Wie die Füße. Genau wie die Füße.

PUBLIUS Hast du gefrühstückt?

TULLIUS Ja, mit dem Praetor. Aber einen Kaffee würde ich nicht ablehnen. *Er bemerkt den Kaffeesatz in seiner Tasse.* Was ist das? Wer hat aus meiner Tasse getrunken?

PUBLIUS Ich dachte ...

TULLIUS Du wirst mir zu frech, Scheißkerl! Und das in

einer Geschwindigkeit! Aber geschlafen hast du hoffentlich in deinem, oder? Dreckiger Barbar . . .

PUBLIUS Ich dachte, du kommst nicht zurück . . .

TULLIUS Und selbst wenn!!! Wozu brauchst du zwei Tassen? Willst du hier alles vollkacken? Heimweh nach der Güllegrube, wie? Nostalgie de la boue. Der Ruf der Ahnen. Der Bazar in Nahost. Die Schmeißfliegen. *Er spült die Tasse im Waschbecken.* Mikroben.

PUBLIUS Rassist . . . Ich dachte, du kommst nicht zurück, und da, naja, wie soll ich sagen, hatte ich auf einmal Sehnsucht. Also dachte ich, komm, trink aus seiner Tasse. Riecht vielleicht noch nach Tullius.

TULLIUS So? Und wonach riecht Tullius?

PUBLIUS *explodiert* Nach Pisse! Pisse und Kloake! Nach Scheiße! Warum bist du zurückgekommen, he? Du bist doch getürmt, oder? Hattest den Arsch im Freien. Warum – warum – warum verdammte Scheiße hast du zurückkommen müssen?!

TULLIUS Und die Schlaftabletten?

PUBLIUS Was für Schlaftabletten?

TULLIUS Wir hatten gewettet.

PUBLIUS Und?

TULLIUS Und du hast verloren.

PUBLIUS Und?

TULLIUS Darum bin ich zurückgekommen: a) um zu beweisen, daß du verloren hast, b) wegen der Schlaftabletten.

PUBLIUS Du bist wahnsinnig! Du bist wahnsinnig! Wie konntest du? Du bist doch getürmt! Nicht einfach getürmt, sondern raus – raus aus dem Turm! Du warst draußen, in Freiheit! Konntest gehen, wohin du willst, und – und – *er findet keine Worte* – schenkst die Freiheit weg für ein paar Schlaftabletten! . . .

TULLIUS Und dir, liebster Publius, ist nie in den Sinn gekommen, daß Schlaftabletten die Freiheit sind? Und umgekehrt?

PUBLIUS Ach, leck mich . . . mit deinen Paradoxen! Du warst draußen! Du hast einen Fluchtweg gefunden, oder! Und mir kein Wort davon gesagt, Sausack!

TULLIUS Na, du hättest dich mir auch nicht anvertraut . . . du an meiner Stelle.

PUBLIUS Nein. Aber ich wäre auch nicht zurückgekommen! Und das hätte darauf schließen lassen, daß es einen Fluchtweg gibt! Du hast die Chancen verringert! Ein Fluchtweg weniger! Der, den es gegeben hat. Und jetzt nicht mehr gibt.

TULLIUS Einen Fluchtweg, Publius, gibt es immer. Es geht aber um den Weg, hier zu bleiben . . . Flucht, was beweist schon Flucht? Daß das System nicht vollkommen ist. Dich macht das natürlich heiß. Weil du was bist, Publius? – ein Barbar. Weil der Praetor für dich ein Feind ist, der Turm ein Knast usw. Für mich ist der Praetor ein Niemand, der Turm ein Nichts. Und beide – der Niemand und das Nichts – müssen vollkommen sein. Sonst könnte man auch zurückkehren zu Baracken und Stacheldraht.

PUBLIUS Selbst das wäre lustiger.

TULLIUS Früher oder später wird alles einmal zum Gegenstand der Nostalgie. Weshalb auch die Elegie die weitest verbreitete Gattung ist.

PUBLIUS Und der Epitaph.

TULLIUS Ja. Im Gegensatz zur Utopie. Aber weil wir gerade dabei sind – wo sind meine Schlaftabletten?

PUBLIUS Du wirst sie schon finden! Also, du bist zurückgekommen. Aus freien Stücken, natürlich. Aber das ist dasselbe, als ob sie dich geschnappt hätten. Egal, womit. Mit bloßen Händen oder mit ihrer Idee. Ideen sind sowieso die schärfsten Schäferhunde!

TULLIUS Selbst wenn es so wäre, wir haben gewettet. Und du hast verloren. Ich habe gewonnen. Und zurückgekommen bin ich, um mir meinen Gewinn abzuholen. *Er betont jede Silbe.* Wo – sind – mei – ne – Schlaf – ta – blet – ten?

PUBLIUS Was weiß ich. Draußen gibt es diese Tabletten zentnerweise. Bekommst sie gratis – Senatserlaß. Brauchst bloß die Hand aufzuhalten, und Schluß ... Die Freiheit – eine Schlaftablette ... Haufenweise ... Aber du ...

TULLIUS Publius, es war nicht abstrakt von Schlaftabletten die Rede.

PUBLIUS Sondern?

TULLIUS Von *deinen* Schlaftabletten.

PUBLIUS *erschaudert* Also von meiner Freiheit?

Pause.

TULLIUS Lassen wir die großen Worte, Publius. Wo ist das Röhrchen?

PUBLIUS Wo die rechte Sandale steckt. Unter deinem Bett.

TULLIUS Hm. Ganz schön schlau. *Er schaut Publius gespannt ins Gesicht.* Mein Lebtag wär ich nicht darauf gekommen. *Er holt das Röhrchen unter dem Bett hervor und versteckt es in den Falten seiner Toga.* Ich muß mich umziehen – ich bin naß bis auf die Haut. Es schüttet wie aus Eimern.

PUBLIUS *mit einem schnellen Blick zum Fenster, es ist ein strahlender Sonnentag* Aber – wir haben Sommer, oder?

TULLIUS *hinter einem Paravent* In Rom ist immer Sommer, Publius. Sogar im Winter.

PUBLIUS *blickt noch einmal zum Fenster* Jedenfalls haben wir gerade Vormittag, oder? So gegen zehn Uhr, wie es bei den Christen hieß . . .

TULLIUS Vormittag, Vormittag. Mach dich nicht verrückt damit. Sie tuns auch nicht.

PUBLIUS Es liegt nicht in ihrem Interesse. Ich meine, die Tage zu verkürzen.

TULLIUS Wozu auch?

PUBLIUS Weil wir lebenslänglich sitzen. Sie zu verlängern, liegt ebenso wenig in ihrem Interesse.

TULLIUS *nachdenklich* Hm-ja, das klingt verdammt nach Epos. Weder mehr, noch weniger. *Er kommt hinter dem Paravent hervor, in einer frisch gebügelten Toga, geht an den Tisch, schenkt sich Kaffee ein, fischt aus den Schößen der Toga eine Zigarre und streckt sich auf seiner Bettstatt aus. Der erste Rauchring.*

PUBLIUS Willst du dich mir nicht mitteilen?

TULLIUS – ?

PUBLIUS Na – wie du es geschafft hast zu türmen. Deinen Plan und so weiter. Jetzt ist es ja egal. Sozusagen post festum.

TULLIUS Du hast deine Schlaftabletten auch nicht mit mir teilen wollen, nicht einmal post festum.

PUBLIUS Was hat das mit den Pillen zu tun!? Du hättest sie dir klauen können, während ich schlief . . .

TULLIUS *deutlich und betont* Ich bin kein Dieb, Publius. Ich bin kein Dieb. Und auch dir wird es nicht gelingen, einen Dieb aus mir zu machen. Ich bin Römer, und Römer stehlen nicht. Ich habe mir dieses Röhrchen verdient. Verstanden? Ver–dient. Mit dem eigenen Buckel. Übrigens im wörtlichen Sinn.

PUBLIUS Soso, mit dem eigenen Buckel. Hast du die Klassiker in den Schacht gestoßen. Wie die Christen es getan haben.

TULLIUS Die Christen hatten es leichter. Erstens waren bei denen Schächte wirklich Schächte. Sie brauchten also nicht zu bezweifeln, ob man ihnen den Schacht nicht nur vorspielt. Zweitens habe ich sie nicht nur runtergestoßen, sondern bin ihnen nachgefolgt . . .

PUBLIUS Dazu sind es ja Klassiker. Herrscher über die Geister . . . Mit einem Wort, du bist dein eigener Henker, dein eigener Märtyrer. Und alles für ein paar armselige Schlaftabletten.

TULLIUS Interessanterweise – *er dreht das Röhrchen in der Hand* – hat mich gerade das hier, dieses Röhrchen – *er schüttelt es* – auf die Idee gebracht.

PUBLIUS Wie das? *Er springt auf.*

TULLIUS Das hier ist ein Zylinder, und der Schacht ist ein Zylinder. Nur länger. Und weniger durchsichtig. Aber genau so eng. Kaum einen Meter Durchmesser. Höchstens 75 Zentimeter. Und die Innenwand verdammt glitschig.

PUBLIUS Also eingefettet?

TULLIUS Ja; und außerdem feucht. Stellenweise Schimmel.

PUBLIUS Und?

TULLIUS Ich beschloß, nicht einfach mit den Füßen voraus, wie ein Dummy, sondern erst die Matratze reinzustopfen, die ich in der Mitte zusammengeklappt hatte. Und die Matratze ist bestrebt, wieder aufzuklappen, also stecken zubleiben. Dabei entsteht Reibung. Was, wenn man mit den Füßen voraus fliegt, nicht eintritt . . .

PUBLIUS Richtig.

TULLIUS Also sind wir gemeinsam auf die Reise gegangen. Wenn die Beschleunigung zunahm, drückte ich die Matratze mit den Füßen gegen die Wand. Wie wenn man auf die Bremse tritt ...

PUBLIUS Hat es lange gedauert?

TULLIUS Ungefähr so lange wie – äh – einmal Groß. Oder einmal duschen. Obwohl, gerochen hat es wie einmal Groß. Und dunkel wars.

PUBLIUS Und dann?

TULLIUS Dann kam der Zerhacker, den hatten die Klassiker erledigt. Dann die Kloake; die ehemaligen Katakomben. Von da spült es dich in den Tiber ... Dann bin ich ein Stück geschwommen.

PUBLIUS Als wir mit unserer Kohorte in Leptis Magna standen ...

TULLIUS Publius! ich flehe dich an ...

PUBLIUS Keine Angst; da hatte ich beim Schwimmen einen Lorbeerkranz gewonnen ... Naja, auch egal. *Er winkt ab.* Aber warte nur, jetzt bauen sie da unten noch einen schlimmeren Reißwolf hin. Elektronisch. Oder mit Laser. Der allerletzte Schrei ...

TULLIUS Ja-a, einen Pulverisator. Elementarteilchen ... Aber: wir sind nicht die einzigen hier. Da ist noch das Restaurant ... Dann die Fernsehantennen. Die anderen Zellen. Vielleicht sogar Einheiten der Luftabwehr. Das gibt eine Menge Abfall.

PUBLIUS Und wo, glaubst du, haben sie die Küche? Unter oder über uns?

TULLIUS Wahrscheinlich unter uns. Lebensmittel landen immer unten. So haben sie die Chance, einmal hochzukommen. Und die Welt zu sehen.

Publius *sehnsüchtig* Die Welt sieht man am besten aus der Nähe. Weißt du, je näher, desto schärfer die Sinne.

Tullius Nur der Geruchssinn ... Wenn du solche Sehnsucht nach der Welt hast, ich brauche ja nicht immer gleich zu spülen auf dem Klo.

Publius Sehr witzig. Denkst du, das ändert was? Übrigens, die da – *plötzlich mit Hoffnung in der Stimme, stubst er die zwei zurückgebliebenen Büsten an* – wozu hast du die hier obengelassen?

Tullius *schüttelt den Kopf* Nein, dazu nicht ... Einfach zur Aufzucht, auf daß es wachse und sich mehre ... Starke persönliche Bindung. Schon als Kind habe ich Ovid geliebt. Weißt du, wie die »Metamorphosen« aufhören?

> »Habe vollbracht nun ein Werk, das nicht Jupiters Zorn, nicht das Schwert noch / Feuer zerstören wird, auch das gefräßige Alter nicht.«

Dann kommt ein bißchen Blabla über ihn, wenn er über den Sternen lebt, und dann:

> »Wo auch des Römers Macht sich erstreckt über friedliche Länder, / Werden die Völker mich lesen; und ewig, Jahrhunderte werde, / Glaubt man der Ahnung der Seher, ich überdauern im Ruhm.«

Publius Wär schön, wenn man sich auf die »Metamorphosen« verlassen könnte! ...

Tullius *fährt fort* Beachte die Wendung über die Ahnung. Noch dazu der Seher. Er hat sich hinreißen lassen: »... und ewig, Jahrhunderte werde ... im Ruhm«.

Aber nein, er hält inne, sägt sozusagen den Ast ab, auf dem er sitzt, und singt: »Glaubt man der Ahnung der Seher« – und erst dann kommt: »ich überdauern«. Beneidenswert, diese Nüchternheit.

PUBLIUS *verzweifelt* Aber was hat das damit zu tun?! Du redest hier von Ahnungen, und die installieren da unten den neuen Reißwolf! Auch eine Ahnung!

TULLIUS Damit, daß er recht behalten hat. Mit den »Jahrhunderten, ewig« wie mit dem »im Ruhm«. Und warum? Weil der gezweifelt hat. Das »Glaubt man der Ahnung der Seher« kommt aus dem Zweifel. Weil er außer »Jahrhunderten, ewig« nichts vor sich hatte. Außer der Zeit, meine ich. Und weil er sich außerdem am Rande der Welt wiederfand – als ihn Octavian Augustus, der Namensvetter deines Sprößlings, aus Rom verbannte. Nur war er am horizontalen Ende, wir sind am vertikalen ... »Wo auch des Römers Macht sich erstreckt ...« Sehr wahr: sie erstreckt sich. Bis tausend Meter über dem Meeresspiegel. Noch zweitausend Jahre nach ihm. Wenn man das miteinander multiplizieren würde ... Hat er natürlich nicht ahnen können – daß man ihn noch in verdünnter Luft lesen würde.

PUBLIUS Ist eben ein Klassiker!

TULLIUS Du bist ein Esel, Publius; ein Esel, kein Barbar. Oder noch genauer: ein Barbar und sein Esel ... Wie der Dichter sagt. Über einen anderen Dichter ... Ein Klassiker, Publius, wird zum Klassiker durch die Zeit. Aber nicht die, die nach seinem Tode vergeht, sondern die, die für ihn zu Lebzeiten wie auch danach dieselbe ist. Und für ihn ist sie das bereits zu Lebzeiten. Denn ein Dichter hat es immer mit der Zeit zu tun. Gleichgültig, ob er jung oder alt ist. Selbst wenn er über den Raum schreibt.

Denn was ist ein Lied? Ein Lied ist die reorganisierte Zeit . . . Jedes . . . Sogar das Lied des Vogels. Weil ein Ton – oder eine Note meinetwegen – eine Sekunde dauert und ein anderer Ton ebenfalls eine Sekunde dauert. Die Töne sind verschieden, die Sekunden dagegen sind immer dieselben. Aber durch die Töne, Publius, durch die Töne werden auch die Sekunden verschieden. Frag deinen Kanarienvogel – du unterhältst dich ja mit ihm. Was meinst du, wovon er singt? Von der Zeit. Auch wenn er nicht singt, singt er von der Zeit.

PUBLIUS Ich dachte, er will schlicht was zu fressen. Wenn er singt, hat er Hoffnung. Wenn nicht, hat er sie fahren lassen.

TULLIUS A propos, hier habe ich Hirse für ihn . . . Zwei Kilo. Mehr Geld hatte ich nicht.

PUBLIUS Ich weiß. Gekauft auf der Via dei Fonari.

TULLIUS Ja-a, im »Selva«. Woher weißt du das?

PUBLIUS Hat der Praetor erzählt . . . Ist das an der Stele, auf der »Memento mori« steht?

TULLIUS Ja-a. Ich habe da mal eine Hetäre gekannt. Ein herrliches Weib. Dunkelblond, Augen wie behaarte Hummeln. Die hielt sich einen Pfauen. Sie konnte lesen und schreiben und kannte sogar den Kaiser von China . . . Der Mann, der sie freigekauft und den sie dann geheiratet hat, hat dieses »Selva« eröffnet – eine Handlung für Vogelfutter, damit sie im Geschäft blieb. Er war ein ziemliches Schwein, mich hat er mit dem blanken Schwert über das ganze Forum gejagt . . .

PUBLIUS Klingt ja sehr elegisch.

TULLIUS Wegen der vielen Verben im Praeteritum.

Pause.

TULLIUS Fechten wir ein bißchen?

PUBLIUS So früh am Morgen? Sagte das Mädchen zum Legionär.

TULLIUS Na, gerade deshalb. Sich aufwärmen. Den Kreislauf auf Touren bringen ... Hast du dich heute schon gewogen?

PUBLIUS Noch nicht. Aber gestern. Es ist immer dasselbe: ich werde zu dick. Ich möchte wissen, warum es so viel einfacher ist zuzunehmen als abzunehmen. Theoretisch müßte es ebenso einfach sein. Oder ebenso schwer. *Er steht auf und geht an sein Pult.* Schwert oder Dolch?

TULLIUS Schwert. Du riechst so aus dem Mund.

PUBLIUS Ich riech nur aus dem Mund. Aus deinem fällt immer alles raus ... Parthische oder griechische?

TULLIUS Griechische.

PUBLIUS *drückt auf einen Knopf am Pult, wo der Text des Auftrags aufleuchtet* Aber was will uns die Natur damit sagen? Daß zuzunehmen natürlicher ist als abzunehmen?

Die Schwerter erscheinen; PUBLIUS *und* TULLIUS *wählen, wobei sie ihre Unterhaltung fortsetzen.*

PUBLIUS Und bis an welche Grenzen? Ich meine, einerseits, wenn du dich vom Knaben zum Mann entwickelst, nimmst du zu. Zwanzig, dreißig Jahre lang. Dann meldet sich die Trägheit. Aber warum gerade der Bauch? Weil du dich vorwärtsbewegst, ja? ... Andererseits, wo bewegst du dich hin? Man weiß ja: dorthin, wo du ihn nicht brauchst. Ebenso wenig wie seine Abwesenheit. In jener Welt ...

TULLIUS *prüft das Schwert* Je größer der Umfang, desto

länger hältst du dich vielleicht in dieser. Jedenfalls dauert die Fäulnis länger. Auch Verwesung, Publius, ist eine Form der Anwesenheit.

PUBLIUS Ja – sofern sie einen nicht verbrennen. Was wiederum vom Praetor abhängt . . . Also, los! Bis zum ersten Blutstropfen.

TULLIUS Bis zum ersten Blutstropfen.

Sie fechten.

PUBLIUS Aber wenn das Zunehmen – *Ausfall* – natürlich ist, ist das Abnehmen – *Retraite* – künstlich.

TULLIUS Und was hast du gegen das Künstliche? – *Ausfall.* – Alles Künstliche ist natürlich. – *Weiterer Ausfall.* – Genauer: das Künstliche beginnt, wo das Natürliche – *Retraite* – endet.

PUBLIUS Und wo endet – *Ausfall* – das Künstliche?

TULLIUS Das Schreckliche, Publius, ist – *Konterattacke* –, daß das Künstliche nie endet. Das Natürliche endet natürlich. *Er drängt Publius zurück zu dessen Alkoven.* Das heißt, es wird künstlich. Das Künstliche dagegen – *Ausfall* – endet nie – *Ausfall* – nirgends – *Ausfall* – in keiner Weise. *Publius fällt in seinen Alkoven.* Weil es folgenlos bleibt! Und das ist, wie der Dichter sagt

»Schlimmer als das Bobo,
das man Kindern macht,
denn es ist doch so,
daß nichts folgt danach.«

PUBLIUS Was für ein Dichter.

TULLIUS Einer aus dem Osten.

Publius Vielleicht wird das Künstliche, wenn es lange genug künstlich bleibt, am Ende natürlich. Das Ei wird schließlich zur Henne. Was du, von außen gesehen, nie vermuten würdest. Auch von innen nicht. Weil es künstlich aussieht. Mir, Tullius, kam es immer so vor, wenn ich ein Ei sah, – besonders morgens, wenn man es aufschlug, um sich ein Spiegelei zu machen, – als hätte einmal eine Zivilisation existiert, die den Ausstoß von Konserven auf organische Weise geregelt hat . . .

Tullius So gesehen, sind wir alle Konserven. Das Rührei für jemanden in der Zukunft. Natürlich nur, wenn sie uns nicht verbrennen. Nimm dein Schwert.

Publius *kriecht widerwillig aus seinem Alkoven hervor* Ich bin zu schwer geworden. Ich weiß noch, in Libyen . . . *Plötzlich voll Zorn.* Für wen eigentlich die Form halten? Abnehmen! Wenn man sowieso das Rührei für jemanden wird . . . oder wenn sie einen verbrennen . . . Ist doch auch besser für dich: je dicker ich werde, desto mehr Raum nehme ich ein. Desto mehr Zeit bleibt dir von deiner Zeit . . . Es ist doch jedem egal, angefangen bei dir, ob es einen Publius Marcellus gibt oder nicht. Und selbst wenn es ihn gibt, was schert es sie, wie er aussieht? Wen interessiert das? Die Götter? Die Natur? Caesar? Wen? . . . Die Götter schert es einen feuchten Dreck. Caesar genauso. In der Hinsicht ist er tatsächlich von ihnen gesalbt. Die Natur? . . . Sind der Natur die Umrisse des Baumes gleichgültig?

Tullius Hört sich an wie das Thema für einen Disput.

Publius Ich glaube, die Silhouette eines Baums ist der Natur scheißegal! Auch wenn er sie viermal im Jahr ändert. Aber gerade darin äußert sich ja die Gleichgültigkeit. Übersättigung. Die Blättchen abrupfen . . .

Während der Baum womöglich nur diese Blättchen hat. Er hat womöglich sein Leben nur damit verbracht, sie zu zählen. Sein grün-goldenes Kleingeld ... Und auf einmal ... rrrums ...

TULLIUS Hör auf mit dem Gesabber. Nimm dein Schwert, habe ich gesagt ... Es gibt auch Immergrün. Lorbeer, zum Beispiel. Koniferen. Und so weiter.

PUBLIUS Also gut, ich nehme mein Schwert. Und weiter? Wir kreuzen sie. Gehn auseinander. Ausfall, Parade, Retraite ... Und weiter? Wir ermüden. Und weiter? Du gewinnst, ich verliere. Oder umgekehrt. Na und? Wer wird diesen Zweikampf sehen? Selbst wenn ich dich ersteche, oder umgekehrt du mich. Schön, wir haben vereinbart: bis zum ersten Blutstropfen. Aber – wer wird das sehen? Wer will sich so etwas ansehn? Noch dazu live. Nicht mal der Praetor. Der schaut sich die Aufzeichnung an, und wenn kein Totschlag drauf ist, löscht er das Band, noch ehe die Stunde um ist. Am Ende eines arbeitsreichen Tages. Nicht, weil ihm das Filmmaterial zu schade ist oder weil die Spulen der Kassette wieder mal geölt werden müssen, sondern weil das Sujet fehlt.

TULLIUS Nein. Sie zeichnen wahllos alles auf. Bänder zu löschen ist ihnen per Dekret verboten. Es könnte ja die Handschrift eines Verbrechens festzustellen sein. Selbst wenn kein Verbrechen begangen worden ist. Die Handschrift, der Stil. Des potentiellen Verbrechers. Um ein potentielles Verbrechen aufzuklären. Die Formel der Realität ... So daß es ein Sujet gibt, Publius. Ein Sujet entsteht immer unabhängig vom Autor. Vor allem unabhängig von den handelnden Personen. Den Schauspielern. Dem Publikum. Nicht sie sind das Auditorium. Nicht Parkett und Galerie. Sie sind ebenfalls handelnde

Personen. Oder nichthandelnde Personen. Wir haben nur einen Zuschauer – die Zeit. Also komm, fechten wir.

PUBLIUS *greift widerwillig zu seinem Schwert* Und von dem kriegst du einen Dreck, nur keinen Applaus. Keinen, wenn du gewinnst. Und erst recht nicht, wenn du verlierst. En garde.

Sie fechten.

TULLIUS Denn Gewinnen – *Ausfall* – ist ein Melodram, und Verlieren – *erneuter Ausfall* – ist ein Melodram. *Retraite vor dem Gegenangriff von Publius.* Flucht ist ein Melodram, Selbstmord desgleichen. Die Zeit ist ein großer Stilist, Publius ... *Er attackiert.*

PUBLIUS Und was ist – *pariert* – kein Melodram?

TULLIUS Das hier – *Ausfall* – das Fechten. *Retraite.* Das ist Bewegung – vor und zurück, quer über die Bühne. Wie ein Pendel. Alles, was den Ton nicht überdeckt ... ist Kunst ... Alles, was nicht das Leben nachahmt, sondern tick-tack macht ... Alles, was monoton ist ... und nicht kräht wie ein Hahn ... Je monotoner, desto näher an Wahrheit und Gerechtigkeit.

PUBLIUS *wirft das Schwert fort* Touchiert; aber so können wir rumfuchteln bis zum Weltuntergang.

TULLIUS *fährt noch eine Zeitlang fort, mit dem Schwert entsprechende Bewegungen auszuführen* Bis zum Jüngsten Gericht. Und danach. Und danach und danach und-danach-und-da-nach ... Bis zum ersten Blutstropfen. Bis zum zweiten. Bis-zum-letzten-Bluts-trop-fen ... Dar – um – füh – ren – Men – schen – Krieg ... Uff ... Wir hatten doch abgemacht, bis zum ersten ...

PUBLIUS Du hast mich am Knie getroffen.

TULLIUS Oh, Verzeihung. Hab ich gar nicht gemerkt. Ich hoffe, nichts Ernstes.

PUBLIUS Ach wo. Eine Schramme. Sagte der Löwe zum Gladiator.

TULLIUS Watte und Jod sind in der Hausapotheke. Du solltest es verbinden ... Ich gehe mich duschen, bin ganz naßgeschwitzt.

PUBLIUS *nachdenklich* Ne-ein, soll es bluten. Immerhin beweist das, daß ich noch keine Statue bin. Aus Marmor. Daß ich kein Klassiker bin. Denn das ist ein Knie. Auf seine Art geradezu ein klassisches. Nicht schlechter als das des »Alkibiades«. Obwohl ich davon nur eine Kopie kenne. Oder des »Diskuswerfers«. Auch nur in Kopie. Und bei dem ist nicht das Knie die Hauptsache ... Doch, es ist klassisch. Mit so einem Knie zermalmen Statthalter die kleinen Provinzfürsten. Auf dem nassen Boden ihres Badezimmers aus Marmor. In ihrer Villa vor der Stadt. An einem violetten Abend ... Fackeln zucken in den Nischen, Öl brennt. Palmen flüstern mit ihren Kronen wie zum Leben wiedererweckte Hieroglyphen. Und der Provinzfürst, die Drecksau, windet sich auf dem nassen Fußboden, nach Luft ringend ... Ne-ein, das ist ein gutes Knie. Römisch. Was immer Tullius auf das Band sprechen mag ... Soll es bluten ... nur zu. Ich ritze es sogar noch weiter auf. *Er nimmt sein Schwert und schneidet sich damit, die Stirn gerunzelt, in die Haut; danach drückt er mit den Fingern Blut aus der Wunde. Während dieser Tätigkeit trifft Tullius ihn an, wenn er aus der Dusche kommt. Eine Zeitlang beobachtet er Publius: dann macht er einen Schritt auf ihn zu.*

TULLIUS Was machst du da?! Bist du völlig übergeschnappt!? Hör sofort auf! Barbar, Arschloch! Neandertaler! Wo ist die Watte?

PUBLIUS *hebt den Blick, in dem Tränen stehen* Hat dir gut getan, die Dusche, Tullius.

TULLIUS Du Vollidiot! *Er stürzt zur Apotheke, holt Jod und Watte und stürzt zurück.* Kannst du nicht lassen von deinen asiatischen Scherzen? Gib einem Wolf zu fressen, soviel du willst ... *Er beugt sich zu Publius hinab, um ihm das Knie zu verbinden.* Da fliegen Menschen auf den Canopus, und hier ...

PUBLIUS *verscheucht ihn mit einer Handbewegung* Laß mich in Ruhe! Rühr mich nicht an.

TULLIUS Ja, ja. Und gleich verfallen wir in Trance. Und beginnen mit dem Kriegstanz. Malen uns das Zeichen auf die Stirn. Und singen ein Lied ohne Text. Ja? *Beugt sich wieder über Publius.* Her mit dem Bein, laß den Unfug!

PUBLIUS Hau ab, sage ich. *Drohgebärde mit dem Schwert.* Laß mich in Ruhe. Rühr mich nicht an. Soll es bluten ...

TULLIUS Hör endlich auf mit diesem ...

PUBLIUS Laß es bluten. Das ist vielleicht der einzige Beweis, den ich noch habe, daß ich wirklich lebe. Und du willst es stillen. Für wen arbeitest du?

TULLIUS Du bist ... wenn du mich fragst ... verrückt.

PUBLIUS Diese versteckten Kameras überall. Da verdächtigt man unwillkürlich jeden. Woher soll ich wissen, daß du kein Roboter bist. Mit eingebauter Kamera. Eingebaut per Organtransplantation. Vielleicht sogar gegen deinen Willen. Unter Tiberius haben sie angefangen mit diesen Experimenten. Habe ich gelesen. An Kaninchen. Außerdem bist du zurückgekommen. Da haben sie dir sie eingebaut ... Laß es bluten. So weiß ich immerhin, daß ich kein Roboter bin. Ich hatte nämlich schon meine Zweifel ... Vielleicht ist alles – dich inbegriffen – auf Video aufgezeichnet. Und wird für mich eingespielt.

Wie der Park und die Schwäne. Oder das Meeresufer. Daher auch das ewig gleiche Bühnenbild: der Etat ist begrenzt. Oder – es ist die Klassik. Die drei Einheiten werden gewahrt. Warum auch nicht? Wenn man die Wahl hätte zwischen Klassik und Naturalismus, würde auch ich die Klassik wählen. Und wieso soll ein Computer nicht versnobt sein dürfen? Auch Snobismus ist eine Form der Verzweiflung, immerhin ist die Klassik in den Computer einprogrammiert worden. Sie ist ja nicht von der Zimmerdecke gefallen. A propos Zimmerdecke, Tullius, ich schaue nach oben und weiß nicht: schaue ich sie an – oder sie mich . . .

TULLIUS Blödsinn.

PUBLIUS Die Frage ist, für wen du arbeitest . . . Daß ich sie anschaue, ist klar wie Kloßbrühe. Daß sie mich . . . aber wenn ja, wenn sie mich überwacht – so schenkt sie mir mehr Aufmerksamkeit als ich ihr. Und wer ist dann hier das beseelte Objekt? . . . Klar, wenn du kein Roboter bist, dann löst sich ihre Aufmerksamkeit in Luft auf . . . Nein, laß es bluten . . . So etwas hat sie noch nicht gesehen. Das ist was Neues . . .

TULLIUS Verbinde es, sage ich. Es ist widerlich mitanzusehen.

PUBLIUS Also – kein Roboter . . . Obwohl ich andererseits auch einen Riß in der Decke mit Scheiße verschmieren würde! . . . Dieser Riß ist echt. Nur die Möglichkeit der Katastrophe unterscheidet die Realität von der Fiktion.

TULLIUS Melodram. Alle Barbaren haben von Geburt an einen Sinn fürs Melodram.

PUBLIUS *schreit* Ich muß doch den Ort wissen, an dem ich sterbe!!!

TULLIUS A-a-ah . . . das ist es. *Er wirft Publius Binden und*

Watte zu. Da, verbinde dich. *Er tritt ans Fenster: beginnt zu sprechen, indem er zum Fenster hinausschaut, besinnt sich dann und spricht, erst mit dem Gesicht ins Publikum, dann mit dem Rücken zu ihm. Wenn er dem Publikum den Rücken zukehrt, lehnt er sich gegen eine imaginäre Wand, die die Rampe markiert.* Die Menschen, Publius, werden eingeteilt in diejenigen, denen wichtig ist – wo, und diejenigen, denen wichtig ist – wann ... Es gibt natürlich noch eine dritte Gruppe. Der wichtig ist – wie. Aber das sind in der Regel die Jungen, die zählen nicht.

PUBLIUS Und wer bist du eigentlich!? Woher weißt du, wie die Menschen einzuteilen sind?

TULLIUS Nur in diese beiden Kategorien. Der Prozeß selbst bedingt ihre Zahl. Schränkt, sozusagen, die Auswahl ein. Es gibt nur diese zwei.

PUBLIUS Ach ja; und ich, klar, habe falsch gewählt. Danebengelangt. Und: wozu sich auch den Kopf zerbrechen: wenn lebenslänglich – dann auch noch wissen wollen – wo? Doch wohl in diesen vier ... Scheiße ... in diesem ... wie wars? ...

TULLIUS Pi-Er-Quadrat?

PUBLIUS Genau. Im Pi-Er-Quadrat. Im eignen Bett, im eignen Bad. Unter Aufsicht der Allgemeinheit. Wie die Skythen sagen: Des einen Tod, des andern Freud ... Es ist die widerwärtigste Pornographie, das öffentlich zu zeigen. Wie auch Geburten. Denn das bist du nie selbst. Selbst wenn du deine eigene Geburt mitansiehst. Aufgezeichnet. Trotzdem bist du es nicht selbst.

TULLIUS *holt das »Gesetzbuch« aus dem Regal* Buchstabe »P« ... wie ... »Pornographie: Jeder unbelebte Gegenstand, der eine Erektion hervorruft ...« So weit Tiberius zu diesem Punkt.

PUBLIUS Was haust du mir dauernd diesen Kretin um die Ohren?! Tiberius hier, Tiberius da. Genau wie die Christen mit ihrem ... wie hieß er noch mal ... egal, ist auch nur dreiunddreißig Jahre alt geworden ... Was hat der schon wissen können? Und wenn du auf die Vierzig zugehst – was dann? oder die Fünfzig? ... Daran sind sie ja auch gescheitert ... Tiberius ... Unbeseelter Gegenstand ... Erektion ... Die geilste Erektion ist, wenn nicht du es bist, der stirbt, sondern ein anderer ...

TULLIUS Ja, und ich als letzter Mensch auf Erden ...

PUBLIUS Er würde dir stehen wie dieser Turm ... Andererseits, man gönnt ja seinem Nächsten das Vergnügen. Sollen sie es ruhig aufzeichnen. Oder live senden. Vielleicht habe ich einen guten letzten Satz ... Und schließlich, Tullius, ich habe nichts gegen das ganze – *macht eine weit ausladende Geste* – Pi-Er-Quadrat. Natürlich kriegt man manchmal klaustrophobische Zustände, wenn man sich klarmacht, daß man ausgerechnet hier ... Und von hier fliehen möchte man nicht, weil es ein Raum zum Leben wäre, sondern weil es einer zum Sterben ist ... Also, ich habe nichts gegen das Sterben, Tullius, versteh mich recht. Und ich bin nicht gegen den Turm, sondern für die Freiheit ... Vielleicht ist die Freiheit gar nicht besser als der Turm, wer weiß ... ich erinnere mich nicht ... Aber Freiheit ist eine Variation auf das Thema des Todes. Auf das Thema des Ortes, an dem er eintritt. Anders gesagt, auf das Thema des Sargs ... Und das hier ist schon der Sarg. Ungewiß ist nur – das Wann. Das Wo ist klar. Und diese Klarheit, Tullius, macht mir Angst. Die einen ängstigt die Ungewißheit. Mich – die Klarheit.

TULLIUS Was hast du nur gegen diese Räumlichkeit ... Schön, sie haben etwas übertrieben mit den versteckten Kameras ... Aber das verstärkt nur die Ähnlichkeit mit der Freiheit ... Wer weiß, vielleicht hast du ja auch recht. Vielleicht spielen sie uns das Ganze wirklich nur vor. In Aufzeichnung. Gut möglich, daß alles nur etwas Künstliches ist. Wäre es die Realität, die würde nie so starke Emotionen auslösen.

PUBLIUS Hier werde ich sterben – egal, ob es Realität ist oder künstlich ...

TULLIUS Das ist der Nachteil des Raumes, Publius ... Der wichtigste, würde ich sagen ... Daß es in ihm einen Punkt gibt, an dem wir zu existieren aufhören ... Ich denke, deshalb wird ihm so viel Aufmerksamkeit geschenkt.

PUBLIUS Die Zeit hat solche Punkte aber auch. Mehr als genug ...

TULLIUS *in belehrendem Tonfall* Die Zeit, Publius, hat alles, nur nicht das. Besonders, seit die Zahlen und Daten abgeschafft worden sind ... Raum dagegen ... kann jeder Punkt werden ... Darum wird er auch so häufig gemalt. Alle diese Landschaften. Studien nach der Natur. Das reine Unterbewußte ... Mit der Zeit funktioniert diese Nummer nicht ... Es sei denn ein Porträt, oder Stilleben ...

PUBLIUS Dir ist also egal – wo?

TULLIUS Mir ist egal wo, mir ist auch egal wann.

PUBLIUS Tja, die römischen Tugenden! Standhaftigkeit der Patrizier! Mucius Scaevola! Die Hände im Feuer! Wenn dir egal ist, wo und wann, was interessiert dich dann? Das Wie?

TULLIUS Mich interessiert – das Wieviel.

PUBLIUS Wieviel – was?

TULLIUS Wieviele Stunden Wachsein das für den Computer benötigte Minimum darstellen, um meine Existenz als Sein zu bestimmen. Ich meine, daß ich am Leben bin. Und wieviele Tabletten ich auf einmal nehmen muß, um dieses Minimum zu gewährleisten.

PUBLIUS – ???

TULLIUS Versteh mich nicht falsch. Es geht nicht darum, daß ich es leid wäre, mich mit dir zu unterhalten. Obwohl – manchmal schon. Auch nicht darum, daß ich die ganze Nacht nicht geschlafen habe. Was ebenfalls stimmt. Ich möchte mich nur tatsächlich der Zeit anpassen. Das heißt, ihrem Rhythmus. Da ich kein Dichter bin, der einen neuen schaffen könnte ... Das einzige, was ich versuchen möchte, ist – mein Dasein ein bißchen monotoner zu gestalten. Weniger melodramatisch. Mehr auf den Zuschauer abgestellt ... Grob gesagt – mehr zu schlafen. Acht Stunden Schlaf, sechzehn Wachsein: diese Version der Zeit kenne ich. Vielleicht ist es möglich, das umzudrehen.

PUBLIUS *bestürzt über das Gehörte* Wie meinst du das?!

TULLIUS Na, sechzehn Stunden Schlaf und acht Wachsein. Oder achtzehn Stunden Schlaf, und sechs Wachsein. Je kürzer das Wachsein, desto mehr Schlaf – und desto interessanter die Version der Zeit. Der Raum, Publius, weißt du, ist immer gleich – horizontal. Die Zeit dagegen ... Ich habe schon so manches ausprobiert. Zum Beispiel tagsüber schlafen und nachts nicht. Oder drei Tage und Nächte hintereinander wachbleiben und umgekehrt. Aber erstens verbraucht man, unter den hiesigen Bedingungen – *er nickt zum Fenster* –, zusätzlich Energie zur Bestimmung von Tag und Nacht. Und vierundzwanzig Stunden kann man nicht so einfach messen. Zweitens – und das beunruhigt mich am meisten – gibt es ein bestimmtes Minimum an Wachzustand, bei dessen Unterschreitung der Computer die Nahrungsversorgung einstellt. Dann müßte ich zu dir betteln kommen. Essen gegen ein paar Schlaftabletten tauschen. Und der ganze Plan wäre im Eimer. Ganz zu schweigen davon, daß wir in Verhältnisse eintreten würden, die Tiberius bei der Organisation dieses Turms nicht vorgesehen hatte und die uns höchstwahrscheinlich selber unangenehm wären . . .

PUBLIUS *schnell* Was meinst du mit »unangenehm«?

TULLIUS Nun, Tauschgeschäfte, Diebstahl, Verdächtigungen, Denunziationen beim Praetor . . . du hast doch in Rom gelebt . . . Und bis ich dem Praetor erklärt habe, worum es geht, und bis er sich entschlossen hat, mir zu glauben . . .

PUBLIUS Vielleicht frage ich den Praetor, wieviele Tabletten er dir geben kann?

TULLIUS Auf keinen Fall! *Im Flüsterton, den Zeigefinger an den Lippen.* Ich habe keinen Anspruch mehr auf Schlaftabletten. Ich hab meine Ration schon letzten Monat aufgebraucht . . . Nein, niemand darf es wissen . . . Das ist ein Geheimnis . . . Wenn sich ein Dichter beruflich für die Zeit interessiert, dann ich aus Liebhaberei. Und Liebhaber handeln intuitiv . . . Du, zum Beispiel, wieviel nimmst du für die Nacht?

PUBLIUS Zwei, zweieinhalb. Drei.

TULLIUS Also – drei Tabletten sind acht Stunden Schlaf. Sechzehn Stunden sind demnach sechs Tabletten. Merken wir uns: sechzehn gleich sechs. Das heißt, sechs gleich sechzehn. Angenommen, wir bräuchten siebzehn

Stunden. Um auf siebzehn zu kommen, erhöhen wir die Dosis von sechs auf – wieviel? Stop. Wir teilen sechzehn durch sechs. Das heißt, Stunden durch Tabletten. Das ergibt … Stop. Quatsch. Wir teilen Tabletten durch Stunden. Sechs durch sechzehn. Und erhalten eine Bruchzahl. Publius, kannst du dem Gedankengang folgen?

PUBLIUS Mit neidvollem Entzücken.

TULLIUS Warte, es geht noch weiter. Also eine Bruchzahl plus … Bin schon wieder durcheinander. Aber selbst wenn wir mit ganzen Zahlen operieren, ergibt das: eine Tablette entspricht vier Stunden Schlaf. Das heißt, wenn wir 17 Stunden lang die Wanzen plattdrücken wollen, brauchen wir … brauchen wir … sechs Stück und ein Schwänzchen … So daß wir … – *unsicher* – wir brauchen …

PUBLIUS Wozu brauchst du Zeit? Hast du noch nicht genug? Wir haben lebenslänglich.

TULLIUS Das ist es ja, Freund Publius. Lebenslänglich geht allmählich in todesähnlich über. Und wenn das so ist, geht das auch umgekehrt … Ich meine, es gibt schon zu Lebzeiten die Möglichkeit zu erfahren, wie es dort drüben aussieht … Auch ein Römer darf solch eine Chance nicht auslassen.

PUBLIUS Über den Zaun schaun, das willst du?

TULLIUS *schreit beinahe* Aber die Zeit schaut doch dauernd herüber! …

PUBLIUS Spionieren. Durchs Schlüsselloch … Spanner.

TULLIUS In gewissem Sinne ja. Aber ohne zu schauen. Mit geschlossenen Augen. In horizontaler Lage.

PUBLIUS Als wir mit unserer Kohorte in Gallien standen …

Tullius Publius! Ich flehe dich an! Bei allem, was dir heilig ist . . .

Publius . . . habe ich einen Griechen gekannt. Guter Geschäftsmann. Immobilienhändler. Und der hatte ein Haus. Sechzehn oder siebzehn Stockwerke – ich weiß nicht mehr. In dem wohnten ganz normale Familien. Mann, Frau, ein Kind. Und was hat die Bestie sich einfallen lassen? Hat ihnen statt Glühbirnen Miniaturkameras eingeschraubt. Für drei Sesterzen konnte man eine ganze Stunde Familienleben beobachten. Also die Kopulation. Und der Witz bestand darin, daß sie es an dem Tag einmal auch nicht treiben konnten . . . Dann waren deine Sesterzen durch den Schornstein. Aber sie konnten es auch ganz wild treiben . . .

Tullius Warum erzählst du mir das?

Publius Die Leute haben Schlange gestanden! Weil, da gabs das Moment der Ungewißheit. Du weißt, wie einen das heiß macht! Vor allem, wenn das Kind klein ist . . . Und sie es erst schlafen legen . . . Und es dann mittendrin aufwacht . . . und anfängt zu quäken. Ha! . . . Und sie, heiß, aufgegeilt wie eine Katze, rutscht vom Bett und schiebt ab ins Kinderzimmer . . . Dann auch noch blond . . . Dann kommt sie wieder, und das Ding von dem Alten . . .

Tullius Hör auf, habe ich gesagt!

Publius Hat sich dumm und dämlich verdient, dieser Grieche. Hat später eine ganze Kette aufgemacht. »Argus & Co.« hat sie geheißen. Nie gehört?

Tullius Nein.

Publius Du bist also von selber drauf gekommen.

Tullius *zählt die Tabletten in dem Röhrchen* In der guten alten Zeit, Publius, hat man Menschen wie dir die

Zunge rausgerissen, die Ohren abgeschnitten und die Augen ausgestochen. Oder die Haut bei lebendigem Leib abgezogen. Oder kastriert ... Vielleicht ertrage ich das alles überhaupt nur, weil jemanden zu bestrafen, der bereits bestraft ist – erstens durch die Zelle, zweitens durch galoppierende Gehirnerweichung, – tautologisch wäre. Theater auf dem Theater.

PUBLIUS Ach, könntest du doch in weiche Hundescheiße treten ... *Er legt die Hand auf den Bauch.* Bald Essenszeit.

TULLIUS Ich lege mich hin. Hab immerhin letzte Nacht nicht geschlafen. *Er zählt die Tabletten ab.* Schlafen, schlafen ... Friß mir mein Essen nicht ganz weg, ja ... Was haben wir heute? ... Taubenleberpastete und ... Forelle auf Storcheneiern ... Tja, endlich einmal Fisch ... Laß mir wenigstens die Eier übrig ... als Frühstück ... Zur Sicherheit nehme ich – *schüttet sie sich auf die Hand* – acht. *Schenkt Wein in sein Glas; schluckt die Tabletten und trinkt nach.*

PUBLIUS Geh nicht weg, warte ... Und was soll ich – tun? Sechzehn Stunden lang?

TULLIUS Siebzehn.

PUBLIUS Noch länger! Hast du mal an mich gedacht? Egoist! Patrizier! Ihr seid doch alle gleich! Deshalb kann euch auch niemand ausstehn ... Und was soll ich tun? Ich kann dir gestohlen bleiben, ja?

TULLIUS Laß das Gebrüll! Sieh ein bißchen fern. Hör Musik. Dann ist Spaziergang. Die Bücher ... Da, lies diese Klassiker ... Ein Klassiker liest sich angenehmer, wenn man weiß, wie er ausgesehen hat ...

PUBLIUS Und mit wem soll ich mich unterhalten?! Selbstgespräche führen, ja? Aber ich ... Siebzehn Stunden.

Allein. Das ist doch zum Verrücktwerden ... Das halte ich nicht aus ...

TULLIUS Was ist da schon auszuhalten, wovon redest du ... *Er gähnt.* Im Gegenteil – ich lasse dich in Ruhe ... *Gähnt.* Und wenn ich aufwache, erzähle ich dir, was ich gesehen habe ... von der Zeit ... was sie dort drüben für Filme zeigen ... *Er gähnt.*

PUBLIUS Hör auf zu gähnen! ... *Er packt Tullius an dem Saum der Toga.* Warte! ... leg dich noch nicht hin ... Wie kannst du ... – *er faßt sich an den Kopf* – mich allein, in diesem Pi-Er-Quadrat ... als Punkt, um den der Zirkel geschlagen wird ... Was machst du bloß, du Schuft ... Ich bin doch auch ein Mensch ... Hör auf zu gähnen!!! Oh, mir springt gleich der Kopf. Was ist – verstehst du nicht?! ...

TULLIUS *gähnt mit weit offenem Mund* Ein Mensch, Publius ... Ein Mensch – *er gähnt wieder* – ein Mensch, was ist Besonderes daran ... *Er gähnt.* Dreh dich um.

PUBLIUS Wieso?

TULLIUS Ich muß die Schlaftabletten verstecken. Und mich umziehen.

PUBLIUS *dreht sich um* Ich hätte sie sowieso nicht genommen ... Mach nicht so lang.

TULLIUS *gähnend* Sof ... sof ... *Er versteckt die Tabletten im Käfig des Kanarienvogels.* Sofort, sofort. *Er geht in seinen Alkoven zurück.* Ah – *er gähnt* – aber wo ist meine Toga? ... die wollene ...

PUBLIUS *dreht sich um* Nimm lieber die weiße.

TULLIUS Man hat dich gebeten, dich umzudrehen. Ich ziehe mich um ...

PUBLIUS Ich hab doch nur ... ganz kurz gespickt ... Warum nimmst du die? Nimm die weiße.

TULLIUS *beinahe nackt, gähnt* Nein, lieber die graue ... sieht der Zeit ähnlicher. Denn die, Publius – *er gähnt* – ist grau ... wie der Himmel im Norden ... oder die Wellen dort ... *Er gähnt; breitet die Toga weit aus.* Siehst du? ... So sieht die Zeit aus ... oder – *er faltet zwei Hälften zusammen* – so ... Oder – *er faltet sie noch anders* – so ... Ein grauer Lappen. *Er hüllt sich in die Toga und legt sich hin.*

Pause.

PUBLIUS Wie kannst du nur. Und ich weiß nicht mal, wieviel Zeit vergeht. Wo sie doch auch die Sanduhren abgeschafft haben.

TULLIUS Nur nicht nervös werden. Ich wache von alleine auf. Wenn die siebzehn Stunden um sind. *Er gähnt.* Das heißt für dich, siebzehn Stunden sind vergangen ... wenn ich aufwache ...

PUBLIUS Wie kannst du nur ...

Pause.

TULLIUS Publius!

PUBLIUS Ja?

TULLIUS Tu mir einen Gefallen.

PUBLIUS Was?

TULLIUS Rück Horaz ein bißchen näher zu mir.

Publius rückt die Büste näher.

TULLIUS Jaha. Danke. Und Oo ... – *er gähnt* – Ovid auch.

PUBLIUS *rückt die Ovidbüste näher* So?

TULLIUS Jaha ... noch ein bißchen ...

PUBLIUS So?

TULLIUS Noch näher . . .

PUBLIUS Klassiker . . . Ein Klassiker steht dir näher als der einfache Mensch . . .

TULLIUS *gähnt* Als wer?

PUBLIUS Als der einfache Mensch . . .

TULLIUS Was? . . . Der Mensch . . . Der Mensch, Publius . . . – *er gähnt* – der Mensch ist einsam . . . *Er gähnt erneut.* Wie ein Gedanke, den man vergißt.

Vorhang.

HANSER

Die großen Essays des Nobelpreisträgers für Literatur 1987

Für Kenner der modernen Literatur ist Joseph Brodsky nicht erst seit der Verleihung des Nobelpreises auch einer der bedeutendsten Essayisten der Gegenwart. Anna Achmatova und Marina Zwetajewa, Mandelstam, Auden, Kavafis und Montale sind einige der herausragenden Gestalten, denen seine interpretatorische Liebe gilt. Auf den Spuren Konstantins, dessen Fußstapfen folgend, gelingt es Brodsky in dem Titel-Essay

FLUCHT AUS BYZANZ mit fast übermütiger Leichtigkeit, Entwicklung und Veränderung gegensätzlicher religiöser, politischer und philosophischer Sehweisen und deren Ursachen sichtbar zu machen – Brodskys Fähigkeiten, sich an anderen durch einen intensiven Dialog zu messen, erreichen hier ihren brillanten Höhepunkt. Selten hat ein Autor so originell und beeindruckend über intellektuelle Fragen nachgedacht.

392 Seiten. Leinen.

Brandenburgs grüne Perlen

Entdeckungsreisen
in unbekannte Gartenkultur

Gottfried Wiedenmann
Petra Derksen

L&H VERLAG

W0288920

PRENZLAU
UCKERMARK
Templin
Rheinsberg
Schwedt/ Oder
Angermünde
Zehdenick
RUPPINER LAND
BARNIMER LAND
EBERSWALDE
ORANIEN-BURG
Bad Freienwalde
Bernau
Velten
Hennigsdorf
MÄRKISCH-ODERLAND
Strausberg
Falkensee
BERLIN
Buckow
SEELOW
POTSDAM
Erkner
Klein-machnow
Teltow
Fürstenwalde/ Spree
FRANKFURT (Oder)
Zeuthen
Königs Wusterhausen
Ludwigs-felde
Bad Saarow-Pieskow
DAHME-SEENGEBIET
ODER-SPREE-SEENGEBIET
Eisenhütten-stadt
BEESKOW
LUCKENWALDE
Jüterbog
Guben
SPREEWALD
LÜBBEN
Lübbenau
Luckau
COTTBUS
FORST (Lausitz)
HERZBERG (Elster)
Calau
ELBE-ELSTER-LAND
Doberlug-Kirchhain
NIEDERLAUSITZ
Finsterwalde
Spremberg
SENFTENBERG
Bad Liebenwerda
Lauchhammer
Elsterwerda
20 km
© L&H Verlag/kontur

Zernikow
Die Maulbeerbäume wurden zur Seidenproduktion benötigt

der von Friedrich II. propagierten Seidenproduktion angelegt. Hugenotten hatten die Kenntnisse nach Preußen mitgebracht, und an vielen Orten Brandenburgs entstanden Maulbeerbaum-Plantagen. 1747 standen in Zernikow etwa 8000 Maulbeerbäume. Ihre Blätter wurden an Raupen des Seidenspinners verfüttert, die zur Herstellung ihres Puppenkokons die Naturseide spinnen. Mit Niedergang dieses Wirtschaftszweiges verschwanden auch die Maulbeerbäume fast völlig aus dem brandenburgischen Landschaftsbild. An der Landstraße bei Zernikow sind noch 70 Bäume vorhanden, die zum Teil älter als 250 Jahre sind. Über 40 Jungbäume, die seit 1999 durch örtliche Initiative gepflanzt wurden, ergänzen den einzigartigen historischen Bestand.

Schlanke Pyramidenpappeln und rundkronige Hybridpappeln bilden die nach Süden führende Pappelallee. Wildrosen und Weißdorngehölze sowie Misteln in den Zweigen mildern

Zernikow
Kastanien- (li) und Lindenallee, die am besten erhaltene Allee

ihren eher strengen Charakter. Von Menz und Großwoltersdorf ist die Pappelallee heute der betonierte Hauptzufahrtsweg nach Zernikow.

In der etwa 2 km langen Buchenallee stehen heute außer den alten Rot-Buchen Stiel-Eichen, Spitz- und Feld-Ahorn, Eschen, Ulmen und andere Gehölze, die ihren jeweiligen Habitus teilweise sehr gut zur Geltung bringen. Die Buchenallee ist als ausgewiesenes Naturdenkmal inzwischen gesetzlich geschützt. Wie diese wirkt auch die so genannte Weißbuchen-Ulmen-Allee besonders durch die Vielfalt ihrer Baumarten. Sie ist heute Wanderern und Radfahrern vorbehalten. Auch die Kastanienallee war eine Verschönerungsmaßnahme, die Hans von Labes als räumlichen Abschluss des früheren Gutsparks anlegte. Mit ihren mächtigen Bäumen bietet sie trotz einiger Verluste vor allem während der Blütezeit im Frühjahr einen herrlichen Anblick. Über sie gelangt der Besucher zur Lindenallee, die von allen Zernikower Alleen am besten erhalten ist und deshalb wohl am meisten beeindruckt. Da sie heute mitten in der Feldflur endet, bildet sie mit ihren geschlossenen Baumreihen einen wunderschönen Ort zum Verweilen. Nachdem ihr innerer Raum etwas ausgeräumt wurde, ergibt sich von der Kastanienallee her ein ungestörter Blick bis zu ihrem Ende. Wie überall im Ort laden Bänke zum Ausruhen ein.

Hans von Labes legte neben dem Gutspark auch den „Thiergarten" mit seinen Gräben und Teichen an. Der Gutspark wurde nach 1945 aufgesiedelt, so dass nur wenig von ihm erhalten blieb. Der stattliche und wertvolle Altbaumbestand des Thiergartens wurde nach 1990 mehrfach, vor allem aus forstwirtschaftlichem Interesse, reduziert. Nach diesen Eingriffen dürfte wohl auch die Bodenflora, deren prächtiger Blütenteppich im Frühling eine besondere Attraktion für Besucher darstellte, einige Zeit benötigen, um sich zu regenerieren.

Neben seinen landschaftlichen Reizen besitzt Zernikow auch einige bauliche Sehenswürdigkeiten. Genannt seien das von der Knobelsdorff-Schule 1746 erbaute Herrenhaus in der Gutsanlage mit wechselnden Ausstellungen zu ortsspezifischen Themen und einem Museum zur Naturforschung der Romantik, das noch im Aufbau ist. Außerdem befindet sich im Dorf eine mittelalterliche Wehrkirche. Ihre Rokkoko-Austattung sowie das Fredersdorff'sche Erbbegräbnis von 1777 wurden durch Frau von Labes gestiftet. Über das reichhaltige kulturelle Programm am Ort sollten sich Besucher bei den genannten Organisatoren erkundigen.

Info

Kontakt Initiative Zernikow e.V. Kelkendorfer Straße 5
16775 Großwoltersdorf/Zernikow Fon 033082 703 74
AQUA Zehdenick GmbH Dorfstraße 43
16775 Großwoltersdorf/Zernikow Fon 033082 512 88

Lage Zernikow liegt im Dreieck, das die Orte Gransee, Fürstenberg und Rheinsberg bilden, es ist von diesen jeweils 13-18 km entfernt

Anfahrt Pkw über die B96 bis Gransee oder Fürstenberg
ÖPNV: RE5 Elsterwerder-Berlin-Stralsund/Rostock bis Gransee, von dort Bus 836, oder RE5 bis Fürstenberg (Havel), von dort mit Bus 847 bis Zernikow, Samstags und Sonntags Anrufbus (je nach Fahrtbeginn auch werktags)
Radfahrer: bis Umweltbahnhof Dannenwalde RE5, Fahrradweg über Seilershof nach Zernikow

UCKERMARK/BARNIMER LAND/MÄRKISCH-ODERLAND

Uckermark
Barnimer Land
Märkisch-Oderland

20 km
© L&H Verlag/kontur
PRENZLAU
UCKERMARK
Drei Parks mit Vergangenheit
Hohenlandin
12
Görlsdorf 12
Schwedt/ Oder
Blumberger Mühle
Glambeck
11
12
Criewen 13
Angermünde
Berlin
Brandenburg
BARNIMER LAND
16
15 EBERSWALDE
14
Bad Freienwalde
Schlosspark Börnicke
18
MÄRKISCH-ODERLAND
19
Strausberg
Blumberg
Buckow
SEELOW
20
Erkner

10 DER „VERLORENE PARK" IN ANNENWALDE

Das Glasmacherdorf Annenwalde ist der Standort des am weitesten nördlich gelegenen Weinbergs in Brandenburg. Seine Fläche am Südhang des Densow-Sees gehörte zum ehemaligen Landschaftspark des örtlichen Gutes. Durch Aktivitäten des Künstlers Werner Kothe und des Vereins Glashütte Annenwalde e.V. wurde der „verlorene Park" durch eine interessante Neugestaltung für Besucher wieder erlebbar gemacht.

Die örtliche Tradition der Glasmanufaktur geht auf den aus Mecklenburg stammenden Amtsrat und Glasmacher Johann Friedrich Zimmermann zurück. Er erhielt 1753 von Friedrich II. die Konzession zur Errichtung einer Glashütte in der „wüsten Feldmark Densow". Entsprechend der königlichen Siedlungspolitik wurden gleichzeitig ein Gutshof errichtet und zwanzig Familien aus Franken, Sachsen, der Pfalz und Mecklenburg eingebürgert. Zu Ehren von Zimmermanns Frau Anna-Margareta erhielt das neue Dorf 1754 den Namen Annenwalde.

Bereits ein Jahr später begann in zwei Öfen die Porzellan- und Glasherstellung. Nach zwischenzeitlich sehr profitabler Produktion von vor allem grünen Glaswaren wurde die Glashütte 1865 geschlossen. Das Gut wechselte mehrfach den Besitzer und wurde 1931 in das „Jagdgut" mit Herrenhaus und den Waldflächen sowie das weiter östlich liegende „Wirtschaftsgut" aufgeteilt. Offensichtlich durch Unachtsamkeit der Bewohner brannte das Herrenhaus 1946 völlig ab. Auf seinen Grundmauern entstand ein Neubau, der dem historischen Gebäude in seiner Form nachempfunden ist. Unterstützt durch Fördermitteln der EU und des Landes Brandenburg eröffnete der Verein Glashütte e.V. im Dezember 2000 eine neue Produktionsstätte im ehemaligen Pferdestall des Gutes.

Der frühere Gutspark entstand vermutlich in der 1. Hälfte des 19. Jh. und lag im Hang zwischen dem Gut und dem Densow-See. Im östlichen Teil, dem heutigen Weinberg, sind noch Reste einer historischen Terrassierung zu erkennen. Wahrscheinlich war

„Verlorener Park"
Die Tradition der Glasmanufaktur erlebt ihre Wiedererweckung

der Park im landschaftlichen Stil angelegt. Jedoch existieren darüber keine Überlieferungen oder Archivalien. So konnte der heutige Betreiber der Glashütte, Werner Kothe, den „verlorenen Park" losgelöst von historischen Zwängen neu gestalten. In Zusammenarbeit mit dem Gartenarchitekten Jürgen Helbig aus Stahnsdorf sowie der Baumschule Graeff in Bad Liebenwerda geschieht dies sehr behutsam und unter Berücksichtigung noch vorhandener Strukturen und des alten Baumbestandes. Die Bepflanzung des Weinbergs ist Teil dieses Konzeptes. Blühgehölze werten den Park auch ökologisch auf.

Am Parkzugang, gleich hinter der Glashütte, begrüßt den Besucher eine Holzstele mit eingelassenem Glasobjekt. Der Weg führt in einem weiten Bogen durch Lichtungen mit blütenreichen Wiesen, hinein in den dicht bewaldeten Hang und hinunter zum Densow-See. Gläserne Kunstgegenstände sind im Park installiert und betonen markante Orte. Neben dem herrlichen Blick über den See vermitteln abgestorbene Bäume entlang des Ufers ein pittoreskes Bild. Der Grund ist eine Biberfamilie, die für eine Erhöhung des Wasserstands sorgt. Am Wanderweg, der aus dem Park hinaus in Richtung Beutel führt, kann das findige Auge die Biberburg entdecken. Umgestürzte Baumriesen am Fuße des Weinbergs markieren reizvoll den Übergang zwischen Kulturlandschaft und umgebender Natur.

In Annenwalde sind große Teile der historischen Dorf- und Gutsanlage noch erhalten und restauriert. Wohnhäuser, die alte Schule, der Dorfkrug – heute unter dem Namen „Kleine Schorfheide" wieder belebt – und die Dorfkirche, eine „Normkirche" von Schinkel sowie das „Wirtschaftsgut" mit seinem Pferdegestüt bilden ein ansprechendes Ensemble. Die neue Parkanlage mit ihren Skulpturen und den reizvollen Ausblicken über den See ist ein attraktives Element im Programm des aufstrebenden Künstlerortes. In der Glashütte werden Führungen und Vorführungen angeboten, es gibt Ausstellungen, Veranstaltungen und Kurse zur Fusingglas-Herstellung. In einer Verkaufsgalerie werden Werke der Glashütte und andere Glasobjekte ausgestellt.

Info

Anschrift Glashütte Annenwalde e.V. Annenwalde 28 17268 Templin OT Densow Fon: 0398720 02 50 www.glashuette-annenwalde.de

Lage Annenwalde liegt zwischen Templin und Lychen, südlich von Densow

Anfahrt ÖPNV: von Berlin-Lichtenberg mit RB12 bis Templin-Bahnhof oder über Berlin-Stadtbahn mit RE5 nach Fürstenberg (Havel); Bus 517 von Templin, Fürstenberg und Lychen; ab Densow durch eine 1 km lange alte Lindenallee nach Annenwalde

11 DAS NATURERLEBNISZENTRUM BLUMBERGER MÜHLE

„Ein Baum vergeht, aber er birgt unzähliges Leben, ungeahnte Geheimnisse, neue Chancen" (nach einem Informationsblatt zur Blumberger Mühle).

An den Blumberger Teichen kann jeder sein „grünes Wunder" erleben. Über Jahrhunderte durch die Kultur des Menschen geprägt, eröffnet die Landschaft weite Ausblicke in die Natur und vielfältige Einblicke in ihr Gefüge: Immer wird es etwas Besonderes sein. Zu denken gibt, dass dieser Garten Eden eine Konsequenz von kulturellen Leistungen des Menschen ist.

Bereits im 13. Jahrhundert haben hier Zisterzienser-Mönche eine Mühle betrieben und Fischteiche angelegt, um Karpfen als Fastenspeise zu züchten. Die Mühle, die um 1700 ein Müller Blumberg besaß, wurde noch bis Ende des 19. Jahrhunderts betrieben. Die Teichwirtschaft lief weiter und wurde nach 1945

BLUMBERGER MÜHLE
Auf dem Gelände liegt das Informationszentrum des NABU

auf intensive Fischproduktion umgestellt. Das Teichgebiet umfasste Ende der 60er Jahre 140 ha mit 21 Teichen. Als Wasservogelreservat, Betriebs- und Staatsjagdgelände war es bis 1989 für die Öffentlichkeit nicht zugänglich. 1990 erhielten die Blumberger Teiche den Status eines Naturschutzgebietes. Seit 1991 wurde die Fischwirtschaft extensiviert. 1993 erwarb der Naturschutzbund Deutschland (NABU) das 218 ha große Gelände und eröffnete 1997 sein Informationszentrum Blumberger Mühle.

Über eine alt-uckermärkische Pflasterstraße aus Feldsteinen erreicht man das Besucherzentrum. Architekt Bernd Kühn bildete in ihm die Form eines hohlen Baumstumpfs nach. Gemäß dem oben genannten Zitat ist es im Inneren lebendig und offen, auch wenn es nach außen eine rauhe Schale hat. Beim Bau wurden vor allem Naturmaterialien wie heimische Hölzer und Lehm verarbeitet, das Dach ist begrünt, Sonnenenergie wird für den Wärmebedarf des Hauses gespeichert. Ein Erdkeller aus Feldsteinen, Kalksandstein und Lehmziegeln dient als Vorratsraum.

Hinter dem Gebäude beginnt die etwa 12 ha große gestaltete Naturerlebnislandschaft. Hier erhält der Besucher einen Überblick über Tiere und Pflanzen, sowie die verschiedenen Lebensräume im Naturschutzgebiet. Beim Kräutergarten beginnend, führt ein Rundweg durch das Gelände, vorbei an Wasserflächen, Sümpfen, Wiesen und Gehölzen. Ins Auge fallen die je nach Jahreszeit wechselnden Farben von Hochstaudenflur und Trockenwiesen oder das kräftige Gelb der Sumpfdotterblumen. Auf federndem Weg nähert man sich der Moor- und Röhrichtvegetation. Ermüdete Spaziergänger lassen sich auf einer Bank nieder oder ziehen sich in schattige Weidenlauben zurück.

Im Frühjahr ist das Froschkonzert an den Teichen unüberhörbar, der Kundige kann sogar den „Glockenton" der Rotbauchunke erkennen. Fischotter leben in einer Schauanlage und die Arbeit von Bibern kann besichtigt werden. Mit etwas Glück entdeckt man eine Sumpfschildkröte. Der Aussichtsturm erlaubt einen weiten Blick über die Blumberger Fischteiche. Er ist ein guter Ort, um Wasservögel zu beobachtet. Nicht selten kreisen Fisch- oder Seeadler in der Luft.

Das Gesamtensemble der Blumberger Mühle ist eine faszinierende Kombination unterschiedlichster Komponenten. Das Naturerleben im parkartig gestalteten Gelände ist wie ein Fenster in das Naturschutzgebiet und spricht den Besucher auf vielen Ebenen an. Die spektakuläre Artenvielfalt der seit Jahrhunderten genutzten Kulturlandschaft, die kulturhistorischen und technologisch aktuellen Elemente fördern die emotionale wie geistige Auseinandersetzung mit dem Thema „Mensch und Natur".

Im Besucherzentrum findet man neben einem Restaurant und einem Laden vor allem Informationen zum Biosphärenreservat Schorfheide-Chorin sowie eine interaktive Ausstellung zu ökologischen Themen. Das Haus ist Stützpunkt der Naturwacht und wird regelmäßig für Veranstaltungen genutzt. Kinder finden neben dem Zentrum eine Spiellandschaft.

Info

Lage Die Blumenberger Mühle liegt nordwestlich von Angermünde

Anschrift Blumberger Mühle 2 16278 Angermünde
Fon: 03331 260 40 www.blumberger-muehle.de

Anfahrt A11 Abfahrt Joachimsthal/Angermünde; B198 in Richtung Prenzlau, Landstraße ab Kerkow Richtung Görlsdorf, Ausschilderung folgen
ÖPNV: RE3 (Berlin – Schwedt oder Stralsund) bis Angermünde; Stadtbus 462 bis Blumberger Mühle
Ab Bhf Angermünde ausgewiesene Rad- und Wanderwege, Entfernung ca. 4,5 km

12 DREI PARKS MIT VERGANGENHEIT IN DER UCKERMARK

Die Planung der Schloss- und Gutsparks in Hohenlandin, Görlsdorf und Glambeck gehen in wichtigen Teilen auf Peter Joseph Lenné zurück. Sie wurden im Verlauf des 19. Jahrhunderts angelegt und waren Elemente im gestalteten Landschaftsraum der Uckermark. Heute bieten sie vor allem ein Abbild ihrer neueren Geschichte.

Unter gutsherrschaftlichen Bedingungen angelegt und im Rahmen des Gutsbetriebs über Generationen gepflegt, wurden sie durch Auswirkungen des Zweiten Weltkrieges und danach schwer in Mitleidenschaft gezogen. Umwidmungen, bewusstes Zerstören oder einfach Vernachlässigung hinterließen in 50 Jahren ihre Spuren. Entsprechend der erhaltenen Substanz und den Möglichkeiten von örtlichen Initiativen hat sich der Zustand der Parks inzwischen so entwickelt, dass ein Besuch wieder als reizvoll gelten kann.

Das Dorf **Hohenlandin** steht dem Besucher heute mit einer turmlosen Feldsteinkirche und der hohläugigen, fensterlosen Hülle eines Schlosses gegenüber. Nur schemenhaft lässt sich der einstige Glanz des nach 1861 im normannischen Stil entstandenen Gebäudes erkennen. Nach der Flucht der letzten Besitzer vor der Roten Armee im Februar 1945, bot es nach dem 2. Weltkrieg Flüchtlingsfamilien Unterkunft und beherbergte später auch das örtliche Schulkombinat. Seit den 70er Jahren diente es offensichtlich als billige Quelle für Baumaterialien, darunter auch die Schieferabdeckung des Daches.

Der königlich preußische Generalmajor Freiherr Ernst Friedrich Wilhelm von Warburg gab vermutlich in den frühen 20er Jahren des 19. Jahrhunderts den Auftrag an Lenné, für sein Rittergut in Hohenlandin einen Landschaftspark zu entwerfen. Dieser wurde auch nach dem Tode des Auftraggebers 1835 durch seine Witwe fast vollständig realisiert. Unter den Nacheigentümern blieb er mit kleinen Änderungen bis 1945 erhalten.

Parks in der Uckermark
Hohenlandin (o) und Görlsdorf – Initiativen setzen sich ein

Dem Plan von Lenné lag eine klare räumliche Beziehung des Wegesystems mit offenen Flächen und Baumgruppen zugrunde. Blickbezüge öffneten sich innerhalb des Geländes, hin zum Schloss und nach mehreren Richtungen in die umgebende Landschaft. Der Landiner Graben wurde zu größeren Wasserflächen erweitert. Nur wenige dieser Elemente sind heute für das ungeübte Auge des Besuchers nachvollziehbar. Nach der Bodenreform wurde das Gelände parzelliert und zum Teil aufgesiedelt. Teilflächen sind verwaldet, andere landwirtschaftlich genutzt. Von dem alten Baumbestand sind noch einige eindrucksvolle Exemplare erhalten. In den letzten Jahren wurde am kleinen Schlossteich wieder ein Pavillon errichtet. Bereits sein Vorgängerbau mit Turmhaube und Zinnenkranz war bis zu seinem Zusammenbruch ein beliebter Treffpunkt der Dorfjugend und stummer Zeuge von manch erstem Kuss.

Als ehemaliger Sommersitz der Familie von Redern hat der Schloss-Park in **Görlsdorf** eine zentrale Rolle im Lenné'schen Landschaftsraum. Friedrich Wilhelm Graf von Redern (1802-1883) gehörte über 50 Jahre zu den Vertrauten der preußischen Könige und war im 19. Jahrhundert eine der Schlüsselfiguren des kulturellen wie politischen Lebens in Berlin. In seinem Auftrag erarbeitete Peter Joseph Lenné in den Jahren 1826 bis 1830 einen Plan für die Parkgestaltung in Görlsdorf, der dann etappenweise umgesetzt wurde. Zeitgenossen schwärmten von der Schönheit des Parks.

1945 brannte das Schloss der Familie von Redern ab; sie wurde im Rahmen der Bodenreform enteignet. Die Nähe zum Jagdrevier von Erich Mielke, dem Minister für Staatsicherheit der DDR, ließ den Schloss-Park in Vergessenheit geraten. Er verwilderte zusehends und stellte sich nach 1990 mehr oder weniger als Wald dar. Einige schöne alte Solitärbäume sowie Reste des Schlosses und Fundamente des Mausoleums sind erhalten.

Etwa 60 ha des zwischen sanften Hügeln und naturnahen Wäldern liegenden Parks sind heute unter Schutz gestellt. Der Initiative des Ortes Görlsdorf ist es zu verdanken, dass in jüngster Zeit einige Parkanteile in dem geschützten Landschaftsbereich wieder freigestellt wurden. Die Planungen für die Rekonstruktion sehen auf lange Sicht vor, das Lenné'sche Raumkonzept nachzuvollziehen und wieder herzustellen. Andererseits sollen die großräumigen Freiflächen mit seggen- und binsenreichen Feuchtwiesen so gestaltet werden, dass sie auch weiterhin dem Naturschutz erhalten bleiben.

1862 dehnte Friedrich Wilhelm Graf von Redern seinen Besitz auf das weiter südlich gelegene Gut **Glambeck** aus. Das Herrenhaus war 1791-1793 erbaut worden, zwischen ihm und dem See existierte ein kleiner Gutsgarten aus derselben Zeit. Diesen ließ von Redern zu einem Park umgestalten, wobei durch die Zusammenarbeit in Görlsdorf ganz sicher auch hier Ideen von Lenné eingeflossen sind. Durch seine Sichtachsen sollte der Park optisch zwischen Gut und der Umgebung vermitteln. Zahlreiche fremdländische Gehölze und baumschultechnisch erzeugte Kunstformen rufen das Bild einer idealisierten Landschaft hervor und machen den Park zu etwas Besonderem.

GUT GLAMBECK
Der Eiskeller ist Winterquartier für Fledermäuse

Eine 1936 angelegte Kastanienallee zur Badestelle am See beeinträchtigt den historischen Gesamteindruck kaum.

Seit 1945 verwilderte der Park zunehmend. Die Bausubstanz des Herrenhauses litt durch unsachgemäße Nutzung, es wurde 1982, nach Aufhebung des Denkmalschutzes, abgerissen. Rettungsversuche scheiterten wiederum an den Interessen der Staatssicherheit. Nur einige Fundament-Reste sind erhalten geblieben und wurden inzwischen gesichert. Seit 1998 wird der Park auf der Grundlage eines Konzepts der Landschaftsarchitektin Christine Hinz aus Prenzlau saniert. Die mächtige Platane, sowie Rosskastanien, Robinien, Blut-Buchen und das Lindenrondell prägen wieder sein Bild. Der Besucher kann sich an vielen schönen Plätzen geruhsam hinsetzen und seine Blicke schweifen lassen

Erhalten hat sich im Gutspark Glambeck ein Eiskeller. Er besteht aus einem unterirdischen Gewölbe und diente bis 1952 als Aufbewahrungsort von Eisblöcken, die im Winter aus der Oberfläche des nahen Sees gesägt worden waren. Heute überwintern in seinem Innern eine Vielzahl von Fledermausarten. Deshalb ist er nur im Sommer zur Besichtigung frei gegeben. Der Verein Denkmale Glambeck e.V. kümmert sich seit einigen Jahren erfolgreich um den Park und das kulturelle Leben im Ort.

Info

Lage Schlossruine und Park Hohenlandin sind von der Dorfstraße her erreichbar, 16278 Mark Landin OT Hohenlandin

Kontakt Förderverein Schloss Hohenlandin e.V. Alt-Moabit 89 10559 Berlin Fon 030 278 62 22 www.hohenlandin.de

Anfahrt über Landstraßen von Schwedt oder Angermünde aus ÖPNV: von Berlin-Stadtbahn mit RE3 nach Angermünde, von dort mit RE3 nach Pinnow UM, im Sommer mit dem Fahrrad weiter zum Park

Anschrift Schlosspark Görlsdorf: Parkstraße 16278 Görlsdorf

Kontakt Förderverein Görlsdorf Uckermark e.V. Fon 03331 26 83 73

Anfahrt über B2, nördl. Angermünde in Kerkow Richtung Görlsdorf

Anschrift Gutspark Glambeck: Ortskern 16247 Glambeck

Kontakt Denkmale Glambeck e.V. Wolletzer Weg 1 16247 Glambeck Fon: 033361 702 65 www.glambeck.barnim.de

Anfahrt A11 Behelfsausfahrt (Parkplatz) Glambeck oder Ausfahrt Joachimstal über Landstraßen nach Glambeck ÖPNV: von Berlin-Stadtbahn mit RE3 nach Eberswalde, von dort mit OE63 zum Bahnhof Joachimstal; Weiterfahrt mit Taxi oder Fahrrad

Literatur Gartenkultur in Brandenburg und Berlin Hrsg.: Brandenburgisches Ministerium für Landwirtschaft, Umweltschutz und Raumordnung; Potsdam 2002

13 DER PARKGARTEN IN CRIEWEN

1816 kaufte der Rittmeister Otto Franz von Arnim das bereits über Jahrhunderte bestehende Gut Criewen. Im Zuge einer völligen Umstrukturierung der Orts- und Gutsanlage wurde auch der Park nach Plänen von Peter Joseph Lenné neu gestaltet.

Die Anlage im Stil eines englischen Landschaftspark ist gut gepflegt und erfreut den Besucher durch ihre vielgestaltige Schönheit. Neben einigen Exoten wie Platanen, Sumpfzypressen oder Lebensbäumen, die als Solitäre einen Blickfang bilden, bestimmen vor allem heimische Baumarten wie Eichen, Linden und Pappeln das Bild des Parks. Die umgebenden Wiesen der Oderauen sind durch Blickachsen, die weit über die Parkgrenzen hinaus reichen, in die Anlage einbezogen.

Otto Franz von Arnim war Mitglied im „Verein für die Förderung des Gartenbaus" und der Arnim'sche Saatzuchtbetrieb in Criewen erwarb sich bald ein landesweites Renommee. Der Parkgarten Criewen auf dem Gelände der ehemaligen Gutsgärtnerei schließt mit seiner Tätigkeit an diese Tradition an. Er wird seit 1995 vom Verein „Umweltwerkstatt Unteres Odertal e.V." als ökologischer Schau- und Lehrgarten geführt.

In Zusammenarbeit mit dem „Verein zur Erhaltung und Rekultivierung von Nutzpflanzen in Brandenburg" (VERN) werden hier alte, meist regionaltypische Kulturpflanzen sowie standortspezifische Wildpflanzen angebaut und gepflegt. Über 60 Sorten von Getreide, Tomaten und Kartoffeln sind im Programm: wer kennt schon blaue Kartoffeln oder Tomaten, die im reifen Zustand grün sind? Hier werden sie erhalten und ihr weiterer Anbau wird gefördert. Mit seinen Aktivitäten beteiligt sich der Parkgarten Criewen auch an international anerkannten Programmen.

Besonders attraktiv sind ein großer Bauern- und Kräutergarten sowie eine Blumenwiese. An einer Feldsteinmauer kann man sogar den in Brandenburg sehr seltenen Mauer-Streifenfarn (Asplenium ruta-muraria) finden. Jedes Jahr wird der „Baum des Jahres" gepflanzt.

Die alte Streuobstwiese wurde inzwischen erweitert, wiederum vor allem mit Sorten, die in der Region seit langem genutzt werden, aber zunehmend in Vergessenheit geraten. Die Pflege des Unterbewuchses haben rauhwollige Pommernschafe, eine heimische und vom Aussterben bedrohte Schafrasse, fest in den Zähnen. Mit etwas Glück sieht man hier auch den Klein-

PARKGARTEN
Auf der Streuobstwiese werden alte Sorten bewahrt

specht (Dendrocopos minor), der baumreiche Gartenanlagen mit altem Bewuchs liebt. Ein Feuchtbiotop bereichert den naturnahen Lebensraum.

Der Parkgarten Criewen ist nicht nur ein regionales Zentrum, sondern auch ein touristisches Angebot. Besucher können seine Produkte erwerben, deren Anbau unter der Kontrolle des BIO-PARK-Verbandes steht. Neben dem Überblick über inzwischen seltene Kultur- und Wildpflanzen werden auch Informationen zum nachhaltigen Umgang mit der Natur gegeben. In jedem Fall kann der Besucher den schönen Ausblick auf den Lenné-Park, das Schloss und die Auenlandschaft des Odertals genießen.

Info

Lage Das Dorf Criewen ist ein Ortsteil von 16306 Schwedt/Oder. Erreicht wird der Parkgarten Criewen über die Kastanienallee des Gutsparks, die nordwestlich vom Schloss an einem Rundweg beginnt

Kontakt Umweltwerkstatt Unteres Odertal e.V. Dorfstr. 19
16303 Criewen Fon 03332 25 08 10
www.unteres-odertal.de

Anfahrt über B2, zwischen Angermünde und Schwedt
Abzweig nach Criewen
ÖPNV: Regionalexpress RE3 Berlin-Stadtbahn bis Angermünde, von dort Bus 468 bis Criewen

14 DER SCHAU- UND LEHRGARTEN „HAUS DER NATURPFLEGE" IN BAD FREIENWALDE

„...Tritt ein, mein Freund, klopf nicht erst an. Das Tor steht auf für Jedermann!" Kurt Kretschmann in einem Rückblick „Haus der Naturpflege (1960 – 1971)"

Dank der Entdeckung einer mineralhaltigen Heilquelle, die im Jahre 1684 gefasst wurde, ist Bad Freienwalde die älteste Kurstadt Brandenburgs. Mit ihren Höhenunterschieden von mehr als 150 Metern dürfte sie auch zu den bergigsten gehören. Das 1,7 ha große Gelände des Hauses der Naturpflege liegt am westlichen Ortsrand und zieht sich über mehrere Terrassen am Südhang des Boasberges hinauf. Seine individuelle Gestaltung und die immer neuen Ausblicke in die Landschaft geben dem Garten einen besonderen Reiz.

Im Jahr 1960 gründeten Erna und Kurt Kretschmann ihr „Haus der Naturpflege" und öffneten den Garten für die Allgemeinheit. Naturschutz war den Beiden eine Herzenssache; in ihrem wunderschönen Garten zeigen sie, wie man's macht. Der Besucher kann wie im Garten Eden schlendern, schauen, träumen und lernen. 2000 Ziergehölze und etwa 500 Blumenarten und -sorten wurden in den ersten Jahren ausgewählt und fanden hier ihren Platz, 50 Tonnen Feldsteine mussten für Steingärten und Trockenmauern den Berg hinaufgeschafft werden. Zusätzlich zu dem Blockhaus, in dem Familie Kretschmann bereits seit 1946 wohnte, entstanden auf dem Gelände Schutzhütten, ein Aussichtsturm sowie eine Freilandausstellung zum Naturschutz. Als sich Kurt Kretschmann aus Altersgründen zurückziehen wollte, war einige Fürsprache aus dem Ausland notwendig, bis Stadt und Kreis Bad Freienwalde im Jahr 1982 das Haus der Naturpflege als Träger übernahmen. Seit 1993 betreibt der Verein „Haus der Naturpflege" e.V. den Garten. Er hat seinen Sitz im ehemaligen Forsthaus, das gegenüber des Garteneingangs steht und nach dem Ersten Weltkrieg aus etwa tausend Munitionskisten erbaut wurde.

Haus der Naturpflege
Das Blockhaus – ehemals Wohnhaus, heute Museum

Der Rundweg über das Gelände beginnt am „Foerster-Garten". Er wurde 1982 zu Ehren des Potsdam-Bornimer Gärtners Karl Foerster gestaltet. Hang aufwärts entdeckt man zwischen den Zweigen einer schlitzblättrigen Birke das Blockhaus, auf dessen Dachfirst eine Holzeule sitzt. Sie erinnert an das Waldohreulensymbol, das Kurt Kretschmann 1950 als „Ostdeutsches Naturschutzsymbol" initiierte. Inzwischen ist es das Naturschutzzeichen Gesamt-Deutschlands. Im Blockhaus werden durch eine Ausstellung Erna (1912-2001) und Kurt Kretschmann (geb. 1914) und ihr Wirken für ein ökologisch und pazifistisch orientiertes Leben gewürdigt

Das ständige Werden und Wandeln des Gartens zeigt sich auch an den angrenzenden, 2005 umgestalteten Staudenbeeten. Der Steingarten, aufgebaut aus skandinavischen Graniten, wurde 2004 mit verschiedenen Thymian- und Nelkensorten, Polsterphloxen, Katzenminze und Lavendel neu bepflanzt. Im Frühjahr leuchten hier auch die großen Blüten der Sternmagnolie. Überall laden Ruheplätze den Besucher zum Verweilen und Schauen ein. Vom 1991 angelegten Heidegarten fällt der Blick auf einen Birkenhain mit einer großen Sandbirkengruppe und verschiedenen

Haus der Naturpflege
Blühende Magnolie vor dem Tor zum Gehölzgarten

Wachholderarten. Der Weg zum „Eulenturm" führt den Besucher an einigen nicht alltäglichen Gehölzen vorbei; genannt seien eine Japanische Nusseibe und zwei schöne Türkische Baumhaseln. Verschiedene Weißdornarten und Wildrosen entfalten im Frühling eine üppige Blütenpracht und offerieren ihre Früchte den Wildvögeln als Herbst- und Winterfutter. Der neu errichtete 13 m hohe Eulenturm erlaubt einen schönen Rundblick über den Garten und Bad Freienwalde, hinunter ins Oderbruch sowie zum gegenüber liegenden Galgenberg.

Der Rundgang führt den Besucher weiter zum Kräuterhang. Unterwegs sind im Mai die unterschiedlichen Farben von sieben Fliedersorten zu sehen. In der historischen Naturschutzausstellung, die wieder eingerichtet wurde, können die für den Menschen ungefährlichen Wildbienen an einer Insektenwand beobachtet werden. Darunter, in der ehemaligen Gästehütte, befindet sich ein Informationsstützpunkt des Biosphärenreservates Schorfheide-Chorin. Noch weiter unten im Hang erreicht der Besucher das „Tälchen" mit seinen schattenliebenden Pflanzen. Wer mehr über die ökologisch orientierte Gartenpflege erfahren will, kann sich auf seinem Spaziergang auch über das Mulchen und Kompostieren kundig machen.

Weitere Tipps für Bad Freienwalde: Der **Schlosspark** geht zurück auf einen romantisch-sentimentalen Landschaftspark, den Königin Friedericke Luise nach 1792 anlegen ließ, und der möglicherweise nach Vorschlägen von Lenné 1822 neu gestaltet wurde (historisch belegt ist seine Beteiligung nicht). Der am Hang gelegene Park besitzt einen schönen Altbaumbestand mit zum Teil erhaltenen Sichtbezügen.

Der **Kurpark** in Bad Freienwalde geht auf erste Gartenanlagen zurück, die im Jahre 1684 entstanden. Auch er wurde durch Lenné neu gestaltet und erweitert.

Neben dem Eulenturm im Garten des Hauses der Naturpflege gibt es in Bad Freienwalde weitere Aussichtstürme: den 1895 erbauten Bismarckturm, der 28 m hoch ist, sowie den 26 m hohen Aussichtsturm auf dem Galgenberg, der nach dem Krieg 1870/71 als Kriegerdenkmal entstandenen ist.

Info

Anschrift Haus der Naturpflege e.V. Dr.-Max-Klienitz-Weg 2
16259 Bad Freienwalde Fon 03344 35 82
www.haus-der-naturpflege.de

Anfahrt über die B158 (Berliner Straße); von Berlin kommend links hinter dem Ortseingang abbiegen. Kennzeichnung durch mehrere gelbe Eulen-Naturschutzschilder.
ÖPNV: Bad Freienwalde ist von Berlin-Lichtenberg, Eberswalde und Frankfurt/Oder aus mit der Regionalbahn OE60 direkt erreichbar. Übernachtungen sind in zwei Pensionszimmern im Obergeschoss des Vereinshauses oder im Heuhotel möglich

Literatur Haus der Naturpflege: Weick-Kunstführer Nr. 33.001.95, 1, Kunstverlag Weick, Passau (1995)
Schulz, Marion: Ein Leben in Harmonie – Kurt und Erna Kretschmann, Findling Verlag Neuenhagen (1999).
Kretschmann, Kurt: Beschreibung der Laub- und Nadelgehölze, Schling- und Kletterpflanzen, Rosen „Haus der Naturpflege" 1969 (Manuskript), Ökowerk Magazin Nr. 8, 1991.
Kretschmann, Kurt; Behm, Rudolf: Mulch total – Der Garten der Zukunft, OLV Organischer Landbau Verlag, Xanten (2003)

Auf einem ehemaligen Industriegelände am Finowkanal fand im Jahr 2002 die Landesgartenschau (LAGA) Eberswalde statt.

Das Konzept eines modernen Parks mit Freizeit- und Erholungsmöglichkeiten integrierte viele der vorhandenen historischen Industriebauten und konnte sie so erhalten. Nach Schließung der Gartenschau wurde das Gelände als **Familiengarten Eberswalde** im März 2004 wieder eröffnet und bietet neben der verbliebenen Infrastruktur neue Gartenanlagen sowie ein breit gefächertes Kultur- und Veranstaltungsangebot.

Der **Zoologische Garten Eberswalde** ist aus einem Heimat-Tierpark mit vor allem regionalen Tierarten hervor gegangen. Kürzlich preisgekrönt ist er ein Geheimtipp der Fachwelt und gilt inzwischen als einer der schönsten Kleinzoos in Deutschland. Mit seinen neu angelegten großzügigen Gehegen bietet er seinen Bewohnern artgerechte Lebensbereiche und dem Besucher

FAMILIENGARTEN
Spielerisch ironisierender Umgang mit dem Thema (Klein-)Garten

Forstbotanischer Garten
Gehört zur Fachhochschule, ist aber öffentlich zugänglich

eine eindrucksvolle Erlebniswelt. Die Anlagen liegen innerhalb des Landschaftsschutzgebietes „Schwärzetal" und sind in einen älteren Mischwald-Baumbestand eingefügt, wie er für die Region charakteristisch ist. Auf einer Fläche von 20 ha werden über 1400 Tiere aus 5 Kontinenten gezeigt.

Der etwa 7 ha große **Forstbotanische Garten** gehört zur Fachhochschule Eberswalde, ist aber für die Öffentlichkeit zugänglich. Er wurde durch Wilhelm Leopold Pfeil (1783 – 1859) – einem Mitbegründer der modernen Forstwirtschaft – im Jahre 1830 als Gehölzgarten (Arboretum) angelegt und gehört damit zu den ältesten seiner Art in Europa. Im Landschaftsschutzgebiet Unteres Schwärzetal liegend, beherbergt er heute in einem sehr schönen Gesamt-Arrangement über 1200 Gehölz- und 600 Kräuterarten.

Der **Waldfriedhof Eberswalde** geht auf einen Seuchenfriedhof aus dem 13. Jahrhundert zurück und wurde um 1610 erweitert. Er liegt 500 m südöstlich der Stadtmitte von Eberswalde. Sein gegenwärtiges Erscheinungsbild geht auf eine Umgestaltung durch den Stadtgärtner Friedrich Schumann im Jahre 1903 zurück. Vorbild war der berühmte Ohlsdorfer Friedhof in Hamburg, ein Parkfriedhof, der keine „Stätte der Toten und der Verwesung" sein wollte, sondern dem Besucher „freundlich und lieblich" entgegentrat. Entsprechend gestaltete Schumann in Eberswalde einen weitläufigen Park, in dem Architektur, Skulptur und Landschaftsgärtnerei harmonisch zusammen wirkten. Im Süden des etwa 19 ha großen Geländes entstand eine Terrassierung, die ihren anthropogenen Ursprung verbirgt und eher den Eindruck einer natürlichen Formation hinterlässt. Alleen mit Rotbuchen, Platanen und Sommerlinden prägen das Bild und verschlungene Wege führen zu den Gräbern. Teile des Friedhofs sind gegenwärtig nicht genutzt, laden den Besucher jedoch mit ihrer historischen, zum Teil aufwändigen Gräber-Architektur zu einem anregenden Spaziergang ein.

Info

Anfahrt Eberswalde: A11 Berlin – Prenzlau/Stettin: Ausfahrt Finowfurt; B2 zwischen Berlin und Angermünde
ÖPNV: RE3 (Dessau – Berlin-Stadtbahn – Angermünde/-Stralsund), OE60 (Berlin-Lichtenberg – Frankfurt/O), OE63 (von Templin)

Zoologischer Garten Eberswalde
Anschrift Am Wasserfall 16225 Eberswalde-Finowfurt
Fon 03334 234 65 www.eberswalde.de/Zoo
Anfahrt den Hinweisschildern am Bahnhof Eberswalde folgen, von Haltestelle Schöpfurter Str. mit Bus 865 bis Eberswalde, Tierpark

Forstbotanischer Garten
Anschrift Eingang: Am Zainhammer
Fon 03334 655 62; www.fh-eberswalde.de
Lage am südlichen Stadtrand Richtung Spechthausen

Waldfriedhof
Lage Der Haupteingang befindet sich in der Breite Straße/ Ecke Heinrich Heine Straße Fon 03334 645 20

Als älteste künstliche Wasserstraße zwischen Havel und Oder erlebte der Finowkanal eine wechselvolle Geschichte. Vor etwa 400 Jahren zum ersten Mal ausgebaut, war er seit dem 18. Jahrhundert ein wichtiger Transportweg. Er trug dazu bei, dass sich im Finowtal eine aufstrebende Metallindustrie entwickeln konnte. Nach 1914 ging seine wirtschaftliche Bedeutung für die Binnenschifffahrt zunehmend an den neu gebauten Oder-Havel-Kanal über. In den 70er Jahren des 20. Jahrhunderts kam der Schiffsverkehr auf dem Finnowkanal dann völlig zum Erliegen. Damit endete auch die Jahrhunderte währende Geschichte der Metallwirtschaft im Finowtal.

Auf einem ehemaligen Industriegelände am Finowkanal westlich von Eberswalde fand 2002 die Landesgartenschau (LAGA 2002) statt. Um die Zeitzeugen der früher hier ansässigen Metallindustrie herum, die in beispielhafter Weise behutsam saniert wurden, entstand ein modern gestalteter Park: ein blühendes Industrie-Denkmal. Nach Abschluss der LAGA wird diese ungewöhnliche Symbiose von historischer Industrie- sowie moderner Garten- und Parkkultur unter dem Namen „Familiengarten" mit attraktiven Freizeitangeboten und Erholungsmöglichkeiten weitergeführt

FAMILIENGARTEN
Gestaltet aus Anlass der Landesgartenschau 2002

Familiengarten
33 kleine Gärten zeigen vielfältige Gestaltungsmöglichkeiten

Weithin sichtbares Wahrzeichen des Geländes mit 300-jähriger Industriegeschichte ist ein großer Montagekran, der so genannte „Montage-Eber". Er kann bestiegen werden und bietet von seiner höchsten Plattform in etwa 28 m Höhe einen faszinierenden Blick über die Stadt und das Finowtal. Eine eher mystisch anmutende Tretbootfahrt durch die unterirdischen Katakomben des ehemaligen Eisenspaltwerks ist für die Besucher ein bleibendes Erlebnis.

Im Bereich der Themengärten gibt es einige Neugestaltungen. Zum Teil in ironisierender Weise mit den jeweiligen Themen spielend, reihen sich nun 33 Gärten in einem breiten Blumenband aneinander. Hier kann der Besucher Gartenkultur erleben und wird angeregt, sich seine eigenen Gedanken dazu zu machen. Im Wald des Kinder- und Spielbereichs locken Burgen, Hexenhäuser und Labyrinthe Kinder wie Erwachsene in das Reich der Phantasie oder fordern sie zu wahren Balanceakten heraus. Als Ausdruck der Zusammenarbeit mit dem Zoologischen Garten Eberswalde wurden hier vor allem Tierelemente aufgebaut.

Im „Grünen Klassenzimmer" gehen die Bildungsangebote über ein bloßes Erklären der Vorgänge in der Natur hinaus, spielerisches Entdecken, Erleben, Lernen und Begreifen stehen im Vordergrund.

Romantische Schiffspartien auf dem Finowkanal zum Schiffshebewerk in Niederfinow oder Bootspartien für Wasserwanderer durch das idyllische Finowtal können den Besuch des Familiengartens abrunden.

Info

Anschrift Familiengarten Eberswalde: Am alten Walzwerk 1
16227 Eberswalde Fon 03334 38 49 10
www.familiengarten-eberswalde.de

Anfahrt den Hinweisschildern folgen bzw. ab Bahnhof Eberswalde mit dem Bus
Anfahrt Eberswalde siehe Kap. 15

17 IN UND UM BERNAU

Die **Wallanlagen und Stadtmauer** in Bernau sind öffentlich zugänglich: Die 8 Meter hohe und etwa 1300 Meter lange Feldsteinmauer aus dem 14. Jahrhundert mit dem noch erhaltenen Steintor (heute Heimatmuseum) sowie dem Pulver- und Hungerturm gehörte zur umfangreichen Bernauer Befestigungsanlage. Teil der Anlage war auch ein dreifaches Wall- und Grabensystem. Im Zuge des Rückbaus der Verteidigungsanlagen wurden im 19. Jahrhundert auf den Wällen Promenaden angelegt und Bäume gepflanzt. Zwischen Schwanenteich und Mühlenstraße sind Wälle und Gräben noch gut erhalten und bilden mit dem Stadtpark einen Grüngürtel um die Stadtmauer. Zu den Rundgängen sind Faltblätter im Fremdenverkehrsamt der Stadt erhältlich.

BERNAU
Wallanlagen umrahmen viele historische Städte in Brandenburg

Beim Besuch des **Schlossparks in Börnicke** sollte auch die Dorfkirche in Börnicke angeschaut werden. Der Granitquaderbau entstand Mitte des 13. Jahrhunderts. Chorgewölbe und neuromanische Ausstattung mit Holzkanzel, Taufstein und Westempore stammen von 1883. Sehenswert sind die auf das Gestühl im Altarraum gemalten Apostelbilder, die Wolmir von Wrangel (1635-1687) anfertigen ließ. Er war Kommandeur der Kurfürstlichen Leibgarde zu Berlin, Eigentümer des Guts Börnicke und Patron der Kirche. Außen an der Turmsüdwand befinden sich die Grabsteine von Ernst und Marie Mendelssohn-Bartholdy.

Verlässt man Börnicke in südliche Richtung, erreicht man das Dorf **Blumberg**, vormals ein kleines Städtchen. Der Ort liegt an der Bundesstraße B158 nahe der Autobahn A10. Er besitzt einen sehenswerten **Dorfanger** mit einigen restaurierten Häusern und der Dorfkirche. Gegenüber dem Pfarrhaus ist der Eingang zum Lenné-Park.

Info

Kontakt Fremdenverkehrsamt der Stadt Bernau
Bürgermeisterstraße 4 16321 Bernau Fon 03338 76 19 19; www.bernau-bei-berlin.de
Führungen in der Dorfkirche in Börnicke nach telefonischer Vereinbarung unter Fon 03338 76 00 52 (Familie Braun) oder 03338 75 71 13 (Frau Euler) möglich

Anfahrt A11 (Ausfahrt Bernau) oder B2 (Berlin – Eberswalde)
ÖPNV: Regionalbahn RE3 (Berlin-Stadtbahn – Angermünde bzw. Stralsund) und von Berlin-Friedrichstraße mit S-Bahnlinie 2 bis Bernau, sowie OE60 von Berlin-Lichtenberg nach Bernau

18 DER SCHLOSSPARK BÖRNICKE BEI BERNAU

Börnicke ist eine alte Siedlung. Schon im 9. Jahrhundert bestand vermutlich eine befestigte Anlage, 1375 existierten hier bereits 84 Höfe. Das historische Ensemble, das im Folgenden betrachtet wird, entstand vor allem in den letzten zweihundert Jahren. Es spiegelt einerseits den sich wandelnden Zeitgeist in den Phasen der Entstehung wider und dokumentiert andererseits Versäumnisse und störende Eingriffe der letzten 60 Jahre. Momentan werden Schloss und Gut Börnicke zu neuem Leben erweckt, der Schlosspark lockt den Spaziergänger mit seinem alten Baumbestand.

Ab 1838 gehörte Börnicke Albrecht Philipp Thaer (1794-1863), dem Sohn des Agrarreformers Albrecht Thaer. Er bewirtschaftete es über 20 Jahre als Mustergut. Auf ihn und nicht zuletzt auf den Einfluss von Lenné geht die Anlage des Parks zurück. 1892 übernahm der Bankier und Finanzberater von

Schloss Börnicke
Der Förderverein bringt die Rekonstruktion der Anlage voran

Kaiser Wilhelm II., Ernst Felix Moses Mendelssohn-Bartholdy (1846-1909), das Anwesen. Er war ein Urenkel des Philosophen Moses Mendelssohn und Neffe des Komponisten Felix Mendelssohn-Bartholdy.

Sein Sohn Paul (1875-1935) ließ 1910/11 das Schloss und Teile des Parks durch den Architekten und Möbeldesigner Bruno Paul umgestalten. Unter Einbeziehung des bestehenden Schlosses, eines durch Thaer klassizistisch überformter Barockbaus, erhielt der Neubau eine strenge, neubarocke Form. Dazu passend wurden die angrenzenden Gartenbereiche im Sinne eines architektonischen Gartens und als Fortführung der Innenraumgestaltung mit Rondells und Hochbeeten angelegt. Südlich des Schlosses, im ehemaligen Parterre, errichtete Bruno Paul einen Gartentempel mit einer Büste von Ernst Mendelssohn-Bartholdy. Den Landschaftspark ließ er als solchen unverändert.

Als die Schweizer Botschaft in Berlin ausgebrannt war, zog sie von 1943 bis 1945 in das Schloss als Dependance. 1945 richtete die rote Armee in ihm kurzzeitig ein Lazarett ein. Später diente das Schloss als Schulungsstätte der SED, dann als Ferienheim und Schule für behinderte Kinder. In dieser Zeit unterlag es starken baulichen Veränderungen. Gleichzeitig verwilderte der Park zunehmend. Von 1992 bis 2002 stand das Schloss leer, 1999 wurde das Gesamtensemble unter Denkmalschutz gestellt. Von der ursprünglichen Gartengestaltung ist zu dieser Zeit nur noch wenig zu erkennen. Seit 2002 bringt der Förderverein Schloss und Gutshof Börnicke e.V. die Rekonstruktion des Schlosses mit dem angeschlossenen Gutshof und eine Wiederherstellung des Parks voran.

Der über 13 ha große Schlosspark ist im Stile eines englischen Landschaftsgartens angelegt; zwischen vielfältig strukturierten Baumgruppen liegen Freiflächen sowie eine vielgestaltige Anlage von Teichen mit geschwungenen Uferlinien. Eine runde Insel, die den Hauptteich untergliedert, ist vom Schloss her über eine kleine Brücke zu erreichen. Von hier aus hat der Besucher einen schönen Rundblick über die Wasserflächen und in den Park hinein. Wiederhergestellte Wege, die sich zwischen

SCHLOSSPARK
Im Stil des englischen Landschaftsgartens

den Baumgruppen hindurch schlängeln, erschließen das Gelände. Sie bieten dem Spaziergänger immer neue Ausblicke in die baumbestandene Landschaft und über das spiegelnde Wasser. Durch die Herausnahme von störendem Wild- und Unterwuchs präsentiert sich der imposante Altbaumbestand zunehmend in seiner ursprünglichen Struktur. Besonders lohnend ist ein Spaziergang am Ufer des großen Teiches entlang vom Schloss zu den Torhäuschen im Nordosten des Parks.

Die von Bruno Paul errichteten Gartenbereiche in der Nähe des Schlosses sind durch unangemessene Nutzung verloren gegangen. Doch Orangerie und auch der Gartentempel sollen wieder errichtet werden. Weitere Anpflanzungen, die sich an historischen Gegebenheiten orientieren, sind vorgesehen. Aufgestellte Informationstafeln erläutern die Standorte früherer Gebäude sowie künftige Nutzungen. So entsteht in den neu verglasten Gewächshäusern der ehemaligen Schlossgärtnerei eine Kräuterschule. Das Kunstprojekt Parkfühlung mit seinen Skulpturen im Schlosspark wird erweitert. Für den Gutshof ist die Nutzung als Ausstellungsgebäude angestrebt.

Info

Kontakt Förderverein Schloss und Gutshof Börnicke e.V.
Ernst-Thälmann-Straße 1 16321 Bernau OT Börnicke
Fon 03338 70 93 38 www.schloss-boernicke.de

Lage Börnicke liegt im Regionalpark Barnimer Feldmark, südöstlich von Bernau an der Landstraße Bernau – Seefeld; letzteres liegt an der B158 (Berlin-Bad Freienwalde).
Eingang zum Schloss und Park Ernst-Thälmann-Straße 1 in Börnicke; von Bernau kommend erreicht man den Park auch durch das Torhaus

Anfahrt A11 (Ausfahrt Bernau) oder B2 (Berlin - Eberswalde)
ÖPNV: Regionalbahn RE3 (Berlin-Stadtbahn – Angermünde bzw. Stralsund) und von Berlin-Friedrichstraße mit S-Bahnlinie 2 bis Bernau, sowie OE60 von Berlin-Lichtenberg nach Bernau; vom Bahnhof Bernau ist Börnicke über Rad- und Wanderwege gut zu erreichen oder mit Bus 907

Literatur Martin Petsch (2002): Schloss Boernicke und sein Park. Brandenburgisch-preußische Herrenhaus-Architektur um 1910 von Bruno Paul, Brandenburgische Denkmalpflege, Jahrg. 11, Heft 2., Berlin
Sibylle Badstübner-Gröger, Hrsg. (2004): Schlösser und Gärten der Mark. Börnicke. Veröffentlicht für den "Freundeskreis Schlösser und Gärten der Mark" in der Deutschen Gesellschaft e.V.
Stadt Bernau bei Berlin (Hrsg. ohne Jahresangabe): Börnicke. Entdeckungen in Börnicke, Faltblatt des Fremdenverkehrsamtes Bernau.

19 DER LENNÉ-PARK IN BLUMBERG

„Blumberg ist ein freundliches Dorf ... und gerade groß genug, um uns die Versicherung alter Urkunden glaubend zu machen, dass ...(es)... vordem ein Städtchen ... gewesen sei." Theodor Fontane in seinen „Wanderungen"

Bischöfliches Tafelgut (seit 1253), eine herrschaftliche Burg (um 1375) und später (ab 1656) ein Rittergut – die Liste der Residenten in Blumberg ist lang. Eng damit verbunden ist eine Jahrhunderte währende Garten- und Parktradition. Kurz nach 1600 wurde ein „am Haus" bestehender Wirtschaftsgarten den Stilvorstellungen der Renaissance angepasst. Im frühen 18. Jahrhundert veränderte sich dieser zu einem Barockgarten mit geometrischem Wegesystem. Gegen Ende desselben Jahrhunderts wiederum wurde der Garten durch die Freiherren von Schulenburg im Sinne eines sentimentalen Landschaftsparks umgestaltet und erweitert.

1836 kaufte Friedrich Ludwig von Arnim das Anwesen und ergänzte es nach seinen Ansprüchen. Neben dem Neubau eines Gutshauses durch Friedrich August Stüler beauftragte er Peter Joseph Lenné mit der Planung für die Umgestaltung des Parks. Wahrscheinlich aus finanziellen Gründen wurde dessen Entwurf jedoch von dem gräflichen Gärtner Johann Friedrich Gustain Charon nicht vollständig umgesetzt. Zwar wurde der so genannte Galicienberg aufgeschüttet, aber der große See, über den Lenné die feuchten Wiesen entwässern wollte, entstand erst Mitte der 30er Jahre des 20. Jahrhunderts. Zu dieser Zeit nutzten die Nationalsozialisten das Gutshaus für Schulungen. Ab 1942 war es mit Militär belegt. In den letzten Kriegstagen wurde es durch die Rote Armee zerstört.

Bis 1989 war der Bereich um das ehemalige Gutshaus wegen der Nutzung durch das Ministerium für Inneres nicht öffentlich zugänglich. Durch den persönlichen Einsatz von ortsansässigen Bürgern begannen ab 1980 erste Pflege- und Restaurationsarbeiten im Park. Nach 1990 übernahm die Gemeinde

Lenné-Park
Solitärbäume, Wiesenflächen und Gehölzgruppen setzen Kontraste

Blumberg das gesamte Anwesen und führte – entsprechend der historischen Vorlagen – Sanierungs-, Rodungs- und Aufbaumaßnahmen durch.

Lenné übernahm manches aus dem damals vorhandenen Bestand – wie zum Beispiel die Schulenburg'schen Alleen – in seinen Entwurf. Eigene Gestaltungselemente wie das Wegenetz oder den Galicienberg fügte er hinzu. Einzelne von ihm gepflanzte Baumgruppen sind links und rechts der Freienwalder Chaussee sowie zu beiden Seiten der Eichenallee am südlichen Parkrand noch heute erkennbar.

Drei wichtige Entwicklungsphasen des Parks spiegeln sich im Baumbestand wieder. Eine erste Gruppe von Bäumen ist etwa 200 bis 250 Jahre alt und steht in der Eichenallee und entlang der Freienwalder Chaussee. Diese Bäume wurden während der Umgestaltungen durch die Schulenburgs in der zweiten Hälfte des 18. Jahrhunderts gepflanzt. Die Malereiche am östlichen Parkrand ist vermutlich noch älter. Die zweite Gruppe wurde entsprechend den Entwürfen von Lenné um 1840 gepflanzt und umfasst Bäume, die heute gut 170 Jahre alt sind. Hierzu gehören Ulmen, Linden, Eichen, viele Kastanien, Hainbuchen, Platanen, Pappeln, Ahorn und Lärchen. Als dritte Altersgruppe stellt sich ein 60- bis 70-jähriger Robinienbestand dar, der in den 1930er Jahren im Zusammenhang mit den Drainagearbeiten gepflanzt wurde.

Auf einer Fläche von etwa 13 ha erlebt der Besucher heute eine großzügige Parkanlage mit Solitärbäumen, weiten Wiesenflächen und Gehölzgruppen. Die Ausblicke zwischen den Bäumen hindurch und über den See hinweg, zum Dorf und in die Umgebung hinaus ändern sich ständig. Spaziergänger genießen dieses abwechslungsreiche Landschaftsbild, Naturfreunde begeistert die Artenvielfalt. Denn der Park ist mit den alten Bäumen und seinen Pflanzengesellschaften ein vielseitiger Lebensraum und wichtiges Rückzugsgebiet für die Tier- und Pflanzenwelt.

INFO

ANSCHRIFT Lenné-Park, 16356 Blumberg bei Berlin; der Eingang liegt am Dorfanger gegenüber dem Pfarrhaus
Fon 030 443 94 48

ANSPRECHPARTNER Jochen Wünsche Mittelweg 24
16356 Ahrensfelde OT Blumberg Fon 033394 702 11

LAGE Blumberg liegt im Nordosten von Berlin an der B158

ANFAHRT A10 Ausfahrt Berlin-Hohenschönhausen/Blumberg
ÖPNV: Regionalverkehr OE25 (Berlin-Lichtenberg-Tiefensee) bis Bhf. Blumberg, von den Stadtbahnhöfen Zoologischer Garten, Friedrichstraße, Alexanderplatz, Ostbahnhof mit der S-Bahn 7 bis Ahrensfelde, umsteigen in OE25

FRANKFURT (ODER)/DAHME SEENGEBIET/ ODER-SPREE-SEENGEBIET/SPREEWALD

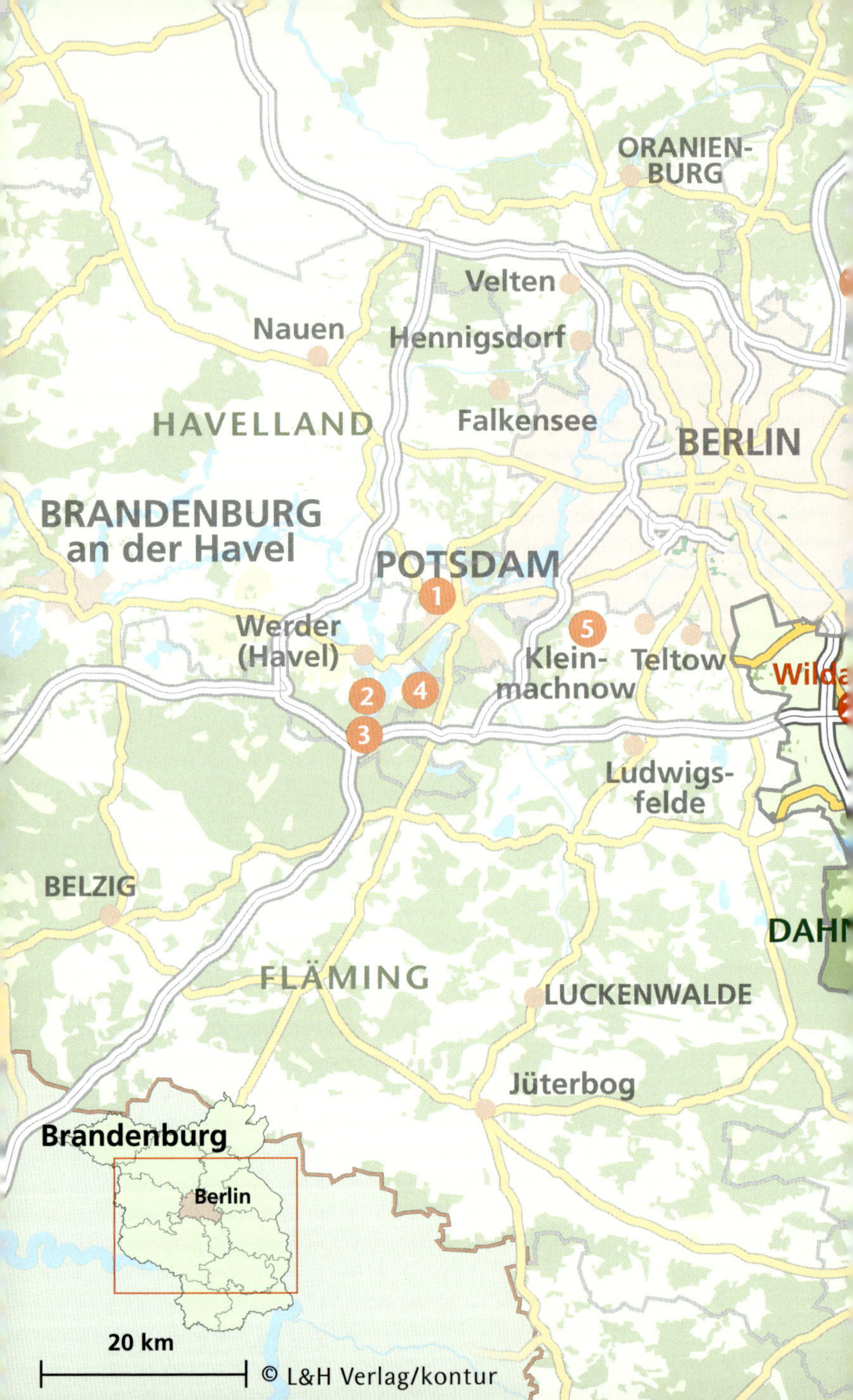

© L&H Verlag/kontur

Frankfurt (Oder)
Dahme Seengebiet
Oder-Spree-Seengebiet
Spreewald
BARNIMER LAND
15 16 EBERSWALDE
14 Bad Freienwalde
Bernau
MÄRKISCH-ODERLAND
Strausberg
Buckow
SEELOW
20 Schöneiche
Erkner
Fürstenwalde/ Spree
FRANKFURT (Oder)
Königs Wusterhausen
Bad Saarow-Pieskow
23 Prieros
22
24 25
ODER-SPREE-
SEENGEBIET
BEESKOW
Eisenhüttenstadt
SEENGEBIET
26 Halbe
27 Neuzelle
Guben
SPREEWALD
LÜBBEN
Lübbenau
29 Luckau
COTTBUS
FORST (Lausitz)
28
Calau

20 DER KLEINE-SPREEWALD-PARK IN SCHÖNEICHE BEI BERLIN

Max Mann übernahm im Jahr 1910 das Gasthaus „Waldschloss" in Schöneiche und kurbelte das vor sich hindümpelnde Geschäft so richtig an. Er kredenzte seinen Gästen nicht nur Kaffee und Kuchen, sondern präsentierte auch Attraktionen wie Reitponies und Volieren mit seltenen Vögeln. Besonders „charmant" war es, mit einem Kahn auf den ausgebauten Kanälen und Wasserläufen des Fredersdorfer Mühlenfließ zu fahren. Für die weniger Unternehmungslustigen gab es eine reizvolle Insellandschaft mit Gehwegen, Brücken und Ruheplätzen oder einfach einen Stuhl im Biergarten.

Heute bietet der Kleine-Spreewald-Park auf seinen 4,2 ha vor allem Erholung und Naturerlebnis. Er versteht sich als ökologisch und soziokulturell ausgerichtetes Projekt und integriert Erlebnis- und Aktionsbereiche in eine renaturierte Auen- und Kanallandschaft. Beeindruckend ist das Wechselspiel von Feucht- und Trockenbiotopen unter Einbeziehung der alten Baumbestände. So entwickelten sich artenreiche Lebensgemeinschaften, in denen auch seltenere Pflanzen und Tiere zu finden sind.

Immer noch ist natürlich die Fahrt im originalen Spreewaldkahn ein Höhepunkt. Auf den verschlungenen Wasserwegen geht es, unter hoch aufgeschossenen Schwarzerlen hindurch, die verwunschenen Kanäle entlang. Aber auch andere Angebote können sich sehen lassen: Der Naturspielplatz wurde von Kindern geplant und unter Anleitung und Mithilfe der Mitarbeiter im Rahmen von Freizeit- und Ferienprojekten gestaltet. Eine 116 Meter lange Mauer aus Feldsteinen und Keramik, die eine Abgrenzung eines renaturierten früheren Badebeckens bildet, wurde zu einem „Dinomaurier". An ihm und den vielen im Park verstreuten Skulpturen wird das Zusammenspiel von Natur und Kunst erfahrbar. Der durch das Gelände führende Naturlehrpfad bringt dem Besucher verschiedene Biotoptypen mit ihren Besonderheiten, aber auch den Selbstverständlichkeiten nahe. Ein „Pfad der Sinne" fordert das menschliche Wahrneh-

KLEINER-SPREEWALD-PARK
Die urwüchsige Natur wird zu einem besonderen Erlebnis

mungsvermögen heraus. Jeder Besucher kann sich das aus dem Angebot heraussuchen, was ihm zusagt – oder einfach nur spazierengehen, genießen oder sich verschnaufen. Der Kleine-Spreewald-Park bietet Möglichkeiten für Feste und besondere Führungen oder Veranstaltungen an, auch für Klassen und andere Gruppen.

INFO

ANSCHRIFT Kleiner-Spreewald-Park Berliner Straße 1a
15566 Schöneiche bei Berlin

KONTAKT Projektgruppe Kleiner-Spreewald-Park
Puschkinstr. 22 15566 Schöneiche bei Berlin
Fon 030 64 90 37 65
www.schoeneiche-bei-berlin.de/spreewald

ANFAHRT A10 (Berliner Ostring) Ausfahrt Rüdersdorf/Schöneiche oder über B1
ÖPNV: Straßenbahn Linie 88 ab S-Bahn Berlin-Friedrichshagen, Ausstieg Schöneiche Dorfaue oder Bus 420, 161 von Erkner, Rahnsdorf, von Berlin-Ostbahnhof mit S3 bis Friedrichshagen

21 DER KURPARK IN WILDAU

Seit dem Ende des 19. Jahrhunderts prägte die Maschinenindustrie den heutigen Wirtschafts-, Technologie- und Wissenschaftsstandort Wildau. Die Berliner Maschinenbau-Actiengesellschaft, in späterer Zeit drittgrößter Lokomotiven-Hersteller in Deutschland, schuf im Zuge ihres Aufbaus auch Wohnraum für Arbeiter und Angestellte. Die „Schwartzkopff-Siedlung" entstand zwischen 1898 und 1922 in mehreren Bauphasen und setzte zu dieser Zeit Maßstäbe in Bezug auf Ausstattung und Komfort von Arbeitersiedlungen. Unter anderem gehörte zu diesem Standard auch, dass jeder Wohnung ein nahe gelegener Garten zugeordnet war.

Die Anlage der Mietergärten existiert noch heute und wird teilweise im ursprünglichen Rahmen genutzt. Inzwischen größtenteils saniert, präsentieren sich viele der 2-3 stöckigen, denkmalgeschützten Wohnhäuser mit ihrem roten Ziegelstein-Schmuck in alter Schönheit. Die Schwartzkopff-Siedlung sollte dem Besucher des Kurparks Wildau ein Abstecher wert sein.

Westlich der Bahnlinie entstand im Laufe der 30er Jahre des 20. Jahrhunderts auf einem vor allem mit Kiefern bewachsenen Gelände die „Waldsiedlung". Auch dieser abwechslungsreiche – im wahrsten Sinne des Wortes – Wohnpark ist mit seinen garten- und waldartigen Parkanlagen sehenswert.

Dagegen ist der „Kurpark" in Wildau kein solcher, denn „Kuren" konnte man dort zu keiner Zeit. Nach dem Ansinnen der Planer sollte der Park allerdings der Erholung und damit dem Wohle der Bevölkerung dienen. Er entstand in den Jahren 1937/38 auf einem schmalen, langgestreckten Gelände am Südrand der neu erschlossenen „Waldsiedlung". In einen Altbestand mit etwa 70 Jahre alten Kiefern wurden zahlreiche Laubbäume und Ziergehölze gepflanzt, die eine untere Baumschicht bildeten. Wildrosen, Strauchmispeln sowie verschiedene Fliederarten fügten sich neben anderen Sträuchern in den Bestand ein. Zusammen förderten sie mit ihrem differenzierten Nahrungsangebot aus

KURPARK
Die Wiederherstellung und Neugestaltung begann 1993

Holz, Blättern, Pollen und Früchten auch die Artenvielfalt der im Park lebenden Tiere. Dieser Umstand ist um so höher einzuschätzen, als zur Zeit der Errichtung des Kurparks der Aufbau von ökologischen Netzwerken wohl kaum zu den stadtplanerischen Prioritäten gehörte.

Nach 1945 verwilderte der Park zusehends. Einrichtungen wie das hölzerne Eingangstor sowie eine Holzbrücke verschwanden. Unter der Beschattung schnell wachsender Robinien, Eschen-

Ahorne und späten Traubenkirschen litten besonders Licht liebende Gehölze. Kaum mehr blühend und fruchtend verloren sie ihren ökologischen Wert und wurden durch den zum Licht strebenden Peitschenwuchs unansehnlich. Obendrein wurde das Gelände als Mülldeponie missbraucht.

In diesem verwahrlosten Zustand begann 1993 die Wiederherstellung und Neugestaltung des Kurparks. Unter Beteiligung von 53 ABM-Mitarbeitern wurde der Verfall gebremst und die Pflege nach ästhetischen sowie ökologischen Gesichtspunkten wieder aufgenommen. Man kann sagen: Es hat sich gelohnt! So wurde eine 115 m lange Trockenmauer entlang der Birkenallee neu errichtet. Viele der im Park neu gepflanzten Gehölze bieten wieder Nistgelegenheiten und ihre Früchte sind im Herbst und Winter ein gefundenes Fressen für heimische und durchziehende Vögel. Es zwitschert, piepst und klopft allenthalben über den Köpfen der Besucher. Geschaffene Offenbiotope bilden ökologische Bindeglieder zu anderen Naturflächen, die in und um Wildau existieren. Im Westen geht der Kurpark ohne Unterbrechung in das Naturschutzgebiet Pulverberg-Höllengrund über.

Dank dieser Maßnahmen wuchs in wenigen Jahren die Vielfalt der Tierarten, die im Kurpark nachgewiesen wurden, stark an. Der Besucher trifft inzwischen auf eine breite Palette von aufeinander abgestimmten Lebensformen. Durch die aufgestellten Schautafeln kann er sich darüber informieren.

Im Frühjahr stehen die Obstgehölze in ihrem überquellenden Blütenflor, im Sommer blühen die duftenden Thymian-Teppiche und laden Hummeln und Wildbienen zu Tisch. Die Besenheide läutet den Herbst ein mit seinen heranreifenden Früchten und dem bunten Laub, und der Winter dokumentiert die Ruhe vor dem Frühjahrssturm. Getragen von den braungrauen Stämmen und Ästen liegt über allem das lappig-filigrane Nadeldach der alten Kiefern: Der waldartige Kurpark ist zu allen Jahreszeiten ein lohnendes Ziel.

INFO

Kurpark

LAGE Der Park ist öffentlich zugänglich, sein Haupteingang in 15745 Wildau befindet sich an der Birkenallee Ecke Pirschgang. Zwischen den Querstraßen Wildgarten und Pirschgang liegend, gibt es auch von dort Zugänge. Von der S-Bahnstation Fußweg oder Bus 737 bis Birkenallee

KONTAKT Gemeinde Wildau Ordnungsverwaltung Herr Starcke Karl-Marx-Str. 36 15745 Wildau Fon 03375 50 54 58 www.wildau.de

Schwartzkopff-Siedlung

LAGE Östlich der Bahnlinie entlang den Straßenzügen der Friedrich Engels Straße/Karl Marx Straße und zieht sich mit den Gärten bis zur Dahme hin

Waldsiedlung

LAGE Die Siedlung befindet sich westlich der Birkenallee und schließt an den nördlichen Rand des Kurparks an, ihre Straßen sind meist nach Baumarten benannt, wie zum Beispiel Eichenring, Akazienring, Ulmenring oder Platanenring

ANFAHRT A10 (Berliner Ring), Ausfahrt Königs Wusterhausen/ Wildau; A113 Ausfahrt Berlin-Grünau über Waltersdorf, Schulzendorf, Falkenhorst nach Wildau
ÖPNV: S46 (Berlin-Königswusterhausen) bis Wildau, Fußweg durch Schwartzkopff-Siedlung oder Bus 737 bis Birkenallee

22 DER SCHROBSDORFF-GARTEN IN PÄTZ

„Pätz, ein Nest am Ende der Welt, in dem man die Zivilisation abwerfen und sich uneingeschränkt den Freuden der Natur und der Sinne hingeben konnte".

So erinnert sich die Schriftstellerin Angelika Schrobsdorff an den Ort glücklicher Kindertage, wo sie in den 30er Jahren des letzten Jahrhunderts vielfach den Sommer verbrachte. Das Anwesen der jüdischen Familie aus Berlin hatte einen großen Garten direkt an einer Bucht des Pätzer Vorsees. Über mehrere Jahre traf man sich hier im Kreis illustrer Persönlichkeiten und blieb zunächst relativ unbeschadet von dem sich breit machenden Nationalsozialismus. Später, im Jahr 1938, entkam Angelika Schrobsdorff der wachsenden Bedrohung durch Flucht ins Ausland. Die heute in Israel lebende Schriftstellerin übereignete Grundstück und Haus der Gemeinde Pätz, die das Geschenk als Aufgabe annahm. Gemeinsam mit dem Heimatverein und anderen engagierten Bürgern entwickelte man das in der Zwischenzeit völlig verwilderte und vermüllte Gelände zu einem ansehnlichen Ort, der Natur- und Literaturfreunde gleichermaßen zum Verweilen einlädt.

Da der historische Zustand nicht dokumentiert ist und nur noch einige der alten Obstbäume aus dieser Zeit vorhanden sind, hat man sich bei der Rekonstruktion des Gartens an Hinweise in dem Schrobsdorff-Buch „Du bist nicht wie andere Mütter" gehalten. Außerdem wurde versucht, atmosphärische Beschreibungen, die im Buch enthalten sind, in die aktuelle Gartenplanung einzubeziehen. Dies ist zwar nur in begrenztem Maße authentisch, eröffnet aber spannende Aspekte. In jedem Fall ist das Ergebnis viel versprechend. Auch ohne den früher existierenden freien Ausblick zum See ist der „neue" Schrobsdorff-Garten eine sehenswerte Anlage und eine schöne Möglichkeit, sich zu entspannen.

Von der Terrasse des geschmackvoll im Stile der 1930er Jahre renovierten Hauses schaut der Besucher in den Garten, der in wechselnden Ebenen angelegt ist. Jeder der drei hintereinander liegenden Gartenräume besitzt seinen eigenen Charakter. Im ersten Bereich führt ein mit Ziegelsteinen gepflasterter Mittelweg in den Garten hinein. Sein Material lässt die Bedeutung der früher in der Gegend weit verbreiteten Ziegelei-Industrie anklingen. Sie war in Pätz zum Teil im Besitz der Familie Schrobsdorff und versorgte das aus den Nähten platzende Berlin mit Baumaterial.

Der mittlere Teil des Gartens liegt tiefer. Er ist vom ersten durch eine Trockenmauer abgegrenzt, die Lebensraum für krautige Pflanzen unterschiedlicher Arten bietet. Über einige Stufen geht der Besucher hinunter und folgt nun seitwärts den Wegen, die, an den randständigen Bäumen entlang führend, eine offene Rasenfläche umgeben. Der dritte, wieder etwas höher gelegene Gartenteil ist rundum von Bäumen umschlossen, und macht mit seinem natürlich gehaltenen Bewuchs den Eindruck einer Waldlichtung.

Schrobsdorff-Garten
Literarische Beschreibungen flossen in die aktuelle Planung ein

So wirken die offenen Flächen in dem eigentlich recht formal und gradlinig angelegten Garten ganz unterschiedlich. Daneben findet der Besucher auch anheimelnde, intimere Bereiche. Beides trägt zu einer allgemeinen Atmosphäre bei, in der sich die Schrobsdorff'sche Garten- und Lebensphilosophie überzeugend widerspiegelt.

Die bei der Neuanlage des Gartens wohlbedachte Pflanzenauswahl mit ihren vielen liebevollen Aspekten fügt sich harmonisch in den vorhandenen Bestand ein. Dabei spielte auch die „Poesie" und romantisierende Wirkung der Gehölze und Stauden eine Rolle, wie sie vom Namen, der Farbe oder dem Geruch einer Pflanze ausgeht. So entstand eine naturnah wirkende Pflanzengemeinschaft, deren Gartencharakter nicht zu übersehen ist: am Rande des ersten Bereiches erstreckt sich ein Heidegarten mit Ginster, Wacholder und Wildrose. Wildobstgehölze deuten den ursprünglichen, jetzt nicht mehr vorhandenen Obstgarten an. An anderen Stellen nützen Gruppen von Rhododendren den schützenden Schirm der randständigen Eichen. Vielfältige Kletterpflanzen umranken die Gartenlaube oder verdecken und beleben unschönes Mauerwerk. Von Blütenduft umhüllt kann sich der Besucher setzen und den Blick schweifen lassen – oder er kann lesen, mitgebrachte Literatur oder ein Buch, das er in der Bibliothek der Schrobsdorff-Villa ausgeliehen hat.

Am Pätzer Tonteich, der am nördlichen Ortsrand östlich der B179 liegt, laden nicht nur die Bademöglichkeiten zum Verweilen ein. Die Beschaffenheit der reizvollen Umgebung ist durch die örtliche Ziegeleiwirtschaft geprägt, die hier zwischen 1885 und 1941 betrieben wurde. Neben den Relikten der industriellen Vergangenheit findet der Spaziergänger auch wertvolle Pflanzengesellschaften, die sich inzwischen am Seeufer entwickelt haben.

Als vielversprechendes Projekt wurde hier mit viel Energie ein Naturlehrpfad von Jugendlichen des Pätzer Technologie- und Berufsbildungs-Zentrums sowie von Berliner Azubis eingerichtet. Er teilt sein Schicksal inzwischen mit vielen ähnlichen Bauvorhaben: nach der Fertigstellung fehlen mittel- oder langfristig die notwendigen Möglichkeiten, die Anlage instand zu halten und zu pflegen.

INFO

ANSCHRIFT Schrobsdorff-Garten Am Hörnigweg (Zugang Lindenstraße) 15741 Bestensee OT Pätz
Fon 033763 644 48 oder 634 44

LAGE Pätz liegt an der B179 südlich der Kreuzung mit der B246. Im Ort ist der Schrobsdoff-Garten ausgeschildert

LITERATUR zum Schrobsdorff-Garten:

Andrea Mack, Hans Sonnenberg: Auf den Spuren einer Gartengeschichte – der Schrobsdorff-Garten in Pätz; in: Wälder im Dahmeland, Jahrebuch 2003 des NABU Dahmeland und Naturpark Dahme-Heideseen

Angelika Schrobsdorff: „Du bist nicht wie andere Mütter", Deutscher Taschenbuch Verlag München, ungekürzte Ausgabe; 10. Auflage 1998

23 DIE GRÜNE FÜLLE VON PRIEROS

Im Dahme-Heideseen-Gebiet liegen über 100 Seen, deren Fläche jeweils über 1 ha groß ist. Sie sind Überreste der letzten Eiszeit und Bestandteil eines großräumigen Biotop-Verbundes, in dem eine Vielzahl seltener oder gefährdeter Tier- und Pflanzenarten leben.

Sitz der Verwaltung und des Besucherinformationszentrum (BIZ) des Naturparks Dahme-Heideseen ist die alte Schule am **Dorfanger** von Prieros. Hier können sich Besucher einen ersten Überblick über das Gebiet des Naturparks schaffen oder ihre Kenntnisse erweitern und auffrischen. Sie finden dazu attraktive Präsentationen zur regionalen Naturkunde, Kultur- und Industriegeschichte sowie Anregungen für Ausflüge und Hinweise zum umfangreichen Veranstaltungsprogramm in der Region.

Auf der anderen Seite des neu gestalteten Dorfangers mit naturnahem, durchweg älterem Baumbestand, Blumenwiesen und Staudenrabatten findet der Besucher gegenüber der Kirche das Museum **Heimathaus**. Durch persönliche Initiative des Lehrers Heinz Schulz und seiner Schüler gerettet und instand gesetzt, hat das Gebäude im Ort eine bemerkenswerte Gemeinde von Unterstützern. Es präsentiert eine vielfältige und anschauliche Sammlung zur regionalen Geschichte, zu Handwerkskünsten, dörflichen Traditionen und dem Alltag in der Dorfschule. Ein kleiner regionaltypischer Bauerngarten mit Buchsbaum-Rabatten und Sommerstauden umgibt das kleine Fachwerkhaus.

Die **Blut-Buchen-Allee**, ein durch seine Farbenpracht eindrucksvolles Naturdenkmal etwa 4 km südlich von Prieros, kann über den Wanderweg zum Streganzberg oder nach Streganz erreicht werden. Nähere Informationen im BIZ. Im Herbst findet der Wanderer an den in diesem Bereich stehenden Wildobstbäumen manchen Natursnack als spezielle Wegzehrung.

Der **Botanische Garten** in Prieros besitzt eine artenreiche Pflanzenauswahl. Er umfasst vor allem Nadelgehölze, darunter

Heimathaus Prieros
Museum, umgeben von einem regionaltypischen Bauerngarten

auch viele fremdländische Besonderheiten. Zusätzlich ist eine große Zahl von Arten anderer systematischer Gruppen einbezogen. Wegen der Pflanzenauswahl und aufgrund seiner attraktiven Gestaltung entwickelte sich der Garten in den letzten Jahren zu einem gefragten Ziel für Gartenliebhaber und Fachleute.

Nur wenige Minuten Fußweg vom Botanischen Garten entfernt liegt der etwa 1 ha große **Biogarten**. In diesem naturnahen Lehrgarten erfährt der Besucher über die Vorgehensweisen in vielen Bereichen des biologischen Gartenbaus. In der Kräuter-Apotheke wächst gegen „fast alles" ein Kraut und in angelegten Kleinbiotopen werden Lebensräume veranschaulicht, wie sie mit ihrer Tier- und Pflanzenwelt auch im Naturpark Dahme-Heideseen vorkommen.

Info

Kontakt BIZ des Naturparks Dahme-Heideseen
Arnold-Breithor-Str. 8 15754 Heidesee OT Prieros
Fon 033768 96 90 www.grossschutzgebiete.brandenburg.de

Anschrift Heimathaus Prieros Dorfaue 1
15754 Heidesee OT Prieros Fon 033768 501 44

Anfahrt Prieros befindet sich an der B246 zwischen Zossen und Storkow
ÖPNV: von Berlin-Stadtbahn mit dem RE2 nach Königs Wusterhausen (Richtung Cottbus), von dort Bus 724 bis Prieros-Dorf

Lage Zu allen genannten Objekten in Prieros finden sich im Ort Hinweisschilder und Wegweiser an der Durchgangsstraße B246

Biogarten

Natürliche Lebensräume werden nachgebildet

24 DER BIOGARTEN IN PRIEROS

Seit 1994 etablierte sich der Biogarten in Prieros unter unterschiedlichsten Trägerschaften als Zentrum für Natur- und Umweltbildung und Umweltberatung. Auf etwa 1 ha Fläche wurde eine sehr vielgestaltige Einrichtung geschaffen, in der sich kleinteilige und großflächige Bereiche zu einem attraktiven Ganzen zusammenfügen.

Die vielfältige Bepflanzung im vorderen Bereich des Gartens bietet dem Klein-, Hobby- und Hausgärtner in mehreren Sektionen ein weites Spektrum an Informationen und praktischen Anregungen. Unter besonderer Berücksichtigung des biologischen Gartenbaus wird dem Besucher gezeigt, wie man gesundes und gut schmeckendes Obst und Gemüse durch die Nutzung von biologischen Abläufen in der Natur und ohne die Anwendung von Chemikalien erhält. Dass Gärten auf diese Weise für viele Pflanzen und Tiere zu attraktiven Lebensräumen werden, ist dann nur ein „Neben-Produkt".

Die informationsorientierte Perspektive des Biogartens wird von einer vielseitigen und ansprechenden Gestaltung der Anlage getragen. Sie bietet dem Besucher einen erlebnisreichen Spaziergang mit vielen reizvollen Anpflanzungen: Am Beispiel von Krater-, Hoch-, Hügel- und Wabenbeet werden Möglichkeiten des Gartenanbaus unter besonderen Randbedingungen veranschaulicht. Außerdem gibt es einen Steingarten, Heil- und Wildstaudenbeete, einen Wildobsthang und einen Apothekergarten mit mannigfach anwendbaren Kräutern. In Benjes- und Feldhecken tummeln sich Vögel; ihre artspezifischen Ansprüche werden auch anhand von Nisthilfen deutlich gemacht.

Diese eher kleinteilig strukturierten Abteilungen sind vor allem anwenderorientiert. Sie werden ergänzt durch großflächigere Bereiche, in denen jeweils Lebensräume zusammengestellt sind, wie sie auch natürlicherweise im Gebiet des Naturparks Dahme-Heideseen vorkommen. So gibt es außer einer Trockenwiese mit vielfältigem Blütenflor, einen Eichen- und Hainbuchenwald, sowie einen Eschen-, Erlen- und Kiefernwald. Durch geschickte Artenwahl und angemessene Pflegemaßnahmen entstanden reizvolle Kleinlandschaften mit ihren jeweiligen Besonderheiten. So ziehen nicht nur Libellen über die glitzernden Gewässer von Teich, Tümpel und Moor, auch anderes Getier und eine interessante Vegetation siedelten sich an. Am Rand der Gewässer entwickelten sich Übergangsbereiche mit natürlichen Verlandungserscheinungen und ihrer interessanten Vegetation. Auf der Streuobstwiese wird gezeigt, dass sich auch durch Obstproduktion und unter dem Einfluss menschlicher Aktivitäten naturnahe Landschaften entwickeln, in denen die Artenvielfalt gefördert wird. Und im Herbst blüht es „auf der Heide".

So erlebt der Besucher die Charakteristika der regionalen Lebensräume und die Anpassungsstrategien heimischer Arten in einer Kompaktheit, wie es im natürlichen Umfeld kaum möglich ist. Mit geschärftem Blick wird er dann vieles auch „draußen" in der realen Landschaft wieder erkennen. So kann theoretisches Wissen durch praktisches Erleben und Beobachten (be-)greifbar gemacht und gefestigt werden.

Das ganze Jahr über werden Veranstaltungen zu einem breiten Themenspektrum im Biogarten Prieros angeboten (auch speziell für Schulen und Kindereinrichtungen). Die unter biologischen Gesichtspunkten angebauten Gemüse, Früchte und Kräuter können käuflich erworben werden.

Info

Anschrift Biogarten Prieros Mühlendamm 14
15752 Heidesee OT Prieros Fon 033768 501 30 / 504 55
www.biogartenprieros.de

Anfahrt Prieros befindet sich an der B246 zwischen Zossen und Storkow
ÖPNV: von Berlin-Stadtbahn mit dem RE2 nach Königs Wusterhausen (Richtung Cottbus), von dort Bus 724 bis Prieros-Dorf

25 DER BOTANISCHE GARTEN IN PRIEROS

„Sonderlinge verschönen die Welt"
(russisches Sprichwort und Motto des Botanischen Gartens)

Alles begann mit einem Chemiker, der an Inhaltsstoffen von Nadelbäumen forschte, und der sein Interesse für die jeweiligen Produzenten dieser Stoffe entdeckte. So sammelte er für seine "Datsche" die ersten Samen und Jungpflanzen. Jahr für Jahr kamen neue hinzu, die er oder Kollegen aus verschiedensten Regionen der Welt mitbrachten. So wuchs es allenthalben, und trotz einiger Ausfälle kam durch das persönliche Engagement eine beachtliche Anzahl von Arten zusammen.

In über 30 Jahren erreichte der Bestand auf dem 3000 m^2 großen Privatgelände der Familie Deters etwa 240 Arten von Nadelgehölzen und anderen Nacktsamern. Darunter sind auch Gattungen und Arten, die hierzulande kaum bekannt sind wie zum Beispiel Hemlocktannen (Tsuga), Scheinzypressen (Chamaecyparis), Spießtannen (Cunninghamia), Nusseiben (Torreya), Kopfeiben (Cephalotaxus), Flusszedern (Calocedrus), Mammutbäume (Sequoiadendron, Metasequoia), der kriechende Lebensbaum (Microbiota decussata) oder die kriechende blaue amerikanische Stech-Fichte (Picea pungens,'Glauca procumbens'). Im jeweiligen ökologischen Kontext und aus gartenästhetischen Gründen sind außerdem viele Laubgehölze, Stauden, Gräser und Farne berücksichtigt. So gelang es, den Pflanzen neben einem adäquaten Platz auch ein ansprechendes Umfeld zu bieten. Niederwuchs und Freiflächen ergänzen das lebendige Arrangement von kleinteiligen Arealen, die gemeinsam ein ausgewogenes und abwechslungsreiches Ganzes bilden. Metallplastiken des amerikanischen Künstlers Scott Keely fügen sich immer wieder harmonisch in das Gesamtbild des Gartens ein.

Den kleinen Heidegarten mit unterschiedlichen Kiefern im Eingangsbereich verlassend, vorbei an verschiedenen Rhododendren, findet der Besucher in einer Sammlung von Nadelgehölz-Zwergformen sicherlich auch Anregungen für eigene Pflanz-

Botanischer Garten
Sammelleidenschaft war der Ausgangspunkt

pläne. In einem weiteren Bereich kann man über die Formenvielfalt der allgemein als „Weihnachtsbaum" bekannten Rotfichte (Picea abies) staunen. Beeindruckende Einzelbäume wie die japanische Nicco-Tanne (Abies homolepis) oder die aus den USA stammende Schirm-Magnolie (Magnolia tripetala), aber auch Gruppen aus unterschiedlichen Arten wie Lebensbäume (Thuja plicata), eine Sumpfzypresse (Taxodium distichum) oder ein Lederhülsenbaum (Gleditsia triacanthos) gewähren immer neue Sichtbezüge.

Eine kleine Insel im üppig wuchernden Feuchtbiotop bietet diversen Insekten, Lurchen und Reptilien eine sichere Heimstatt. Sie spiegelt mit ihrem naturbelassenen Bewuchs die Lebensgemeinschaften am Dahmeufer wider. Die Farben- und Formenvielfalt der Randbepflanzung des Feuchtgebietes bildet den Übergang zum umgebenden Gelände. Im „Alpinum" werden mit gutem Erfolg Hochgebirgspflanzen kultiviert. Und immer wieder finden sich Bäume, die in Wuchs und Ausprägung, als Solitär oder im Verband den Besucher faszinieren, besonders da der Hausherr zu jedem Interessantes zu berichten weiß. Gerade auch dieser persönliche Bezug macht die Führung zum Erlebnis. Besuchern, die etwas mehr Zeit mitbringen, wird noch ein Blick in den Küchenkräuter- und Heilkräutergarten gewährt.

Der botanische Garten in Prieros mit seiner Nadelgehölzsammlung (Pinetum) ist seit 1991 öffentlich zugänglich und erfreut sich bei seinen Besuchern zunehmender Beliebtheit. Die geglückte Verbindung von fachlicher Qualität und ästhetischem Reiz macht ihn zu einem gärtnerischen Kleinod in der Region und gleichermaßen interessant für Fachleute wie Gartenliebhaber. Er bietet Möglichkeiten, botanische, insbesondere dendrologische (gehölzkundliche) Kenntnisse zu erwerben, die Anpflanzungswürdigkeit von fremdländischen Gehölzen unter hiesigen Verhältnissen zu testen und Anregungen für die ästhetische Gestaltung von Gartenanlagen zu bekommen. Der Biologieunterricht von Schulklassen kann unterstützt und das allgemeine Verständnis für Pflanzen und Tiere geweckt und vertieft werden. Das Erleben des Formenreichtums fördert die Ehrfurcht vor der Vielfalt der Natur und die Erkenntnis, dass sie ein schützenswertes Gut ist.

Info

Kontakt Botanischer Garten Prieros
Familie Prof. Dr. W. & I. Deters Mühlendamm 12a
15754 Heidesee OT Prieros Fon 033768 507 79
http://prieros.de/html/botanischer.html

Öffnungszeiten Mitte April bis Mitte Oktober, Mi, Sa und So um 15.00 Uhr oder nach Vereinbarung

Anfahrt Prieros befindet sich an der B246 zwischen Zossen und Storkow
ÖPNV: von Berlin-Stadtbahn mit dem RE2 nach Königs Wusterhausen (Richtung Cottbus), von dort Bus 724 bis Prieros-Dorf

„Für die Welt warst Du nur ein Soldat! Für mich warst Du die Welt! Erna" (Gefunden auf einer Kranzschleife im Waldfriedhof Halbe)

Nach unterschiedlichen Schätzungen haben während der Kesselschlacht um Halbe eine Woche vor Ende des Zweiten Weltkriegs zwischen 40.000 und über 60.000 Menschen ihr Leben verloren. Mehr als 28.000 Tote, vor allem gefallene Soldaten, aber auch viele zivile Opfer, Flüchtlinge, Hingerichtete der deutschen Militärjustiz sowie etwa 4600 Tote aus dem Internierungslager „Ketschendorf" des sowjetischen Geheimdienstes haben auf dem Waldfriedhof Halbe ihre letzte Ruhestätte gefunden. Er ist damit die größte Kriegsgräberstätte in Deutschland. Noch heute werden in der Umgebung gefundene Kriegstote dorthin umgebettet. In den letzten 15 Jahren waren es allein 2000.

WALDFRIEDHOF
Der „Bornimer Kreis" um Karl Foerster realisierte die Anlage

WALDFRIEDHOF
Tausende Opfer der Kesselschlacht wurden hier bestattet

In dem durch die Kriegshandlungen schrecklich verwüsteten Gebiet in und um Halbe waren die Toten meist dort vergraben worden, wo man sie gefunden hatte: in Gärten, auf öffentlichen Plätzen, in den umliegenden Wäldern und an Straßenrändern. Bestenfalls markierten Stahlhelme, Uniformreste, Holzstücke oder einfach Schotter- und Erdhügel die Stellen. Die Belege zur Identifizierung der Toten wurden meist vernichtet.

Es waren vor allem Privatleute, die sich anfangs um diese fürchterlichen Hinterlassenschaften des Krieges kümmerten: Allen voran der Pfarrer Ernst Teichmann, dem es mit Bürgern aus Halbe und Forstarbeitern gelang, einige tausend auch im weiteren Umkreis verstreute Feldgräber ausfindig zu machen und sie zu registrieren. Bis zu seinem Tode im Jahre 1983 kümmerte er sich vor allem auch um Hinterbliebene der Opfer, die das Grab ihrer Angehörigen in Halbe aufsuchten.

Zu Beginn der 50er Jahre des 20. Jahrhunderts wurde in einem für die Gegend typischen Kiefernwald der etwa 7 ha große Waldfriedhof mit 11 großen Grabfeldern angelegt. So konnte man beginnen, die verstreut begrabenen Toten an einen gemeinsamen Ort umzubetten. Die Pläne für den Waldfriedhof schufen die Landschaftsarchitekten Walter Funcke und Hermann Göritz aus Potsdam. Sie gehörten zum „Bornimer Kreis" um Karl Foerster, von dem seit den 30er Jahren völlig neue Tendenzen zur Gartengestaltung ausgingen.

Das Konzept des Friedhofs sah eine hainartige Parkanlage vor. Der landschaftsbestimmende Charakter der regionalen Kiefernheiden sollte erhalten bleiben. Die einzelnen Gräber wurden größtenteils mit Keramikplatten aus der Werkstatt von Hedwig Bollhagen (Velten) markiert. Auf ihnen wurde, soweit bekannt, der Name und die Daten des Toten festgehalten, meist jedoch lapidar „unbekannter deutscher Soldat" vermerkt.

Der Potsdamer Betrieb von Karl Foerster realisierte 1951 das Konzept. Die einfühlsame Planung sowie die anschließende gärtnerische Betreuung und Pflege ermöglichten mit den Jahren, dass Park und umgebende Landschaft zunehmend zu einer Einheit zusammen wuchsen. Der Kiefernwald blieb bei der Anlage der Hauptwege, der Grabreihen und sonstiger Einrichtungen, so weit wie technisch möglich, erhalten. Hinzu gepflanzt wurden vor allem heimische Gehölze, die in das typische Bild von Heidegebieten passen. Es entstanden Haine mit Sand-Birken, Eichen, Ebereschen und Wildrosen. Gruppen von Rhododendron und Wacholder kamen hinzu. Der Boden wurde mit Heidekraut, Wildgräsern und Wildstauden gedeckt. Mit der Zeit siedelten sich zusätzliche Pflanzenarten an, entsprechende Tierarten folgten. So findet der Besucher heute auf dem Friedhof ein vitales Umfeld, dessen Erscheinungsbild sich im Wandel der Jahreszeiten ändert. Vor dem grauenvollen historischen Hintergrund verspürt er so ein tröstliches Bild des Lebendigen.

Auch aktuell wird das Konzept des naturnahen Parkfriedhofes weiterentwickelt. Bis zum 60. Jahrestag der Schlacht bei Halbe im Jahr 2005 wurden die kleinen Wege in den Grabfeldern aufgehoben und eingesäht, so dass zwischen den Hauptwegen durchgehend begrünte Flächen entstanden.

Info

ANSCHRIFT Kriegsgräberstätte Waldfriedhof Halbe Friedhofsverwaltung Katrin Krabs Ernst Teichmann Straße
15757 Halbe Fon 033765 846 06 www.volksbund.de

LAGE Der Waldfriedhof befindet sich am Ortsrand, der Weg zur Kriegsgräberstätte ist ausgeschildert

ANFAHRT A13, Ausfahrt Halbe/Teupitz
ÖPNV: RE2 (Berlin-Stadtbahn – Lübben – Cottbus) bis Königs Wusterhausen, von dort mit RB14 nach Halbe

LITERATUR Andrea Mack; Der Park- und Waldfriedhof Halbe; in: Offenes Land im Dahmeland, Jahrebuch 2004 des NABU Dahmeland und Naturpark Dahme-Heideseen S. 81-84
Herbert Pietsch, Rainer Potratz & Meinhard Stark (Hrsg): Nun hängen die Schreie mir an... Halbe. Ein Friedhof und seine Toten; Edition Heinrich; 1995 (vergriffen)
Waldfriedhof Halbe, Ort der Erinnerung, der Mahnung und Versöhnung: Hrsg. Volksbund Deutsche Kriegsgräberfürsorge e.V. (2002)

27 DIE KLOSTERGÄRTEN DES STIFTS NEUZELLE

„Welch hohe Lust, welch heller Schein wird erst in Christi Garten sein!" (Paul Gerhardt in seinem 1656 verfassten Kirchenlied „Geh aus mein Herz und suche Freud'")

Ihren Mitmenschen eine Ahnung vom Himmelreich zu vermitteln, das war Ziel der Baumeister in der Barockzeit. Bei der Zisterzienserabtei Neuzelle waren es vor allem italienische, böhmische und süddeutsche Meister, die das Kloster mit allen künstlerischen Mitteln des 17. und 18. Jahrhunderts prachtvoll umgestalteten. Sie fügten neue repräsentative Gebäude hinzu und verschönerten in aufwändiger Weise die Freianlagen innerhalb und außerhalb der Klostermauern. Heute gilt das „Barockwunder" Neuzelle als eine der schönsten Anlagen aus dieser Zeit in Brandenburg.

Im Jahr 1268 vom sächsischen Markgrafen Heinrich dem Erlauchten gestiftet, erlebte das Kloster Neuzelle nach einer

KLOSTERGÄRTEN STIFT NEUZELLE
Historischer Plan von 1758 aus dem Stiftsatlas

wechselvollen Geschichte seine größte geistige und wirtschaftliche Blütezeit im 17. und 18. Jahrhundert. Während der Amtszeit von Abt Gabriel Dubau (1742-1775) wurden im Zuge der großzügigen Umbauten auch die Klostergärten barock umgestaltet.

Mit der Teilung Sachsens fiel die Niederlausitz 1815 an Preußen. Zwei Jahre später wurde das Kloster säkularisiert und ging mit seinen Liegenschaften in das staatlich Preußische Stift Neuzelle über. Dieses wurde 1955 aufgelöst und verschiedene Rechtsträger übernahmen den Besitz. 1996 wurde die Stiftung Stift Neuzelle als öffentlich-rechtliche Stiftung des Landes Brandenburg gegründet. Zu ihren Aufgaben zählt unter anderem, die ehemalige Klosteranlage wiederherzustellen, sie zu pflegen, der Öffentlichkeit zugänglich zu machen und für eine angemessene Nutzung zu sorgen.

Die historische Diskontinuität spiegelt sich auch in den Gärten wider: Bereits seit 1840 diente die Orangerie dem preussischen Lehrerseminar mit entsprechenden An- und Einbauten als Turnhalle. Nach dem Zweiten Weltkrieg sorgten vor allem

Klostergärten Stift Neuzelle
Eine der schönsten Barockanlagen in Brandenburg

KLOSTERGÄRTEN STIFT NEUZELLE
Ein für Brandenburg einmaliges Zeugnis barocker Gartenbaukunst

örtliche Initiativen für die notwendigste Pflege. Allerdings wurden auch Teile der Gärten als Sport- und Spielplatz genutzt, andere zu Pachtland umfunktioniert. Im Umbruch der Wendezeit verwilderte das Gelände dann zusehends. Erst seit Mitte der 90er Jahre erhält das Juwel barocker Gartenbaukunst wieder die ihm gebührende Beachtung und Pflege.

Das Kloster Neuzelle steht am Rande des Oder-Tals auf einem vorgeschobenen Hügel, der dem Besucher einen weiten Blick in die Flussauen bietet. Ihm zu Füßen, am Übergang zur Niederung, liegen die Klostergärten. Mehrfach unterbrochene Treppen führen durch den Terrassengarten hinunter in die gestalteten Bereiche des Barockgartens. Hier siegt die Geometrie in prachtvoller Weise über die sich frei entfaltenden Formen der Natur. Der Wille zur Repräsentation triumphierte über die Regeln der Bescheidenheit, wie sie die klösterliche Lebensform der Zisterzienser vorschrieb: Die Klosterherren machten sich den Gartenstil der weltlichen Fürstenhöfe zu eigen.

Die etwa 5 ha große Anlage unterteilte sich in den „Herrschaftlichen Lust-, Obst- und Küchengarten" des Abtes und den „Conventgarten". Der repräsentative Abtgarten im Süden des Geländes war bereits im 18. Jahrhundert für Besucher geöffnet. Dagegen blieb der ebenfalls aufwändig gestaltete Conventgarten, der sich unterhalb des Klausurgebäudes befand und einen eigenen Zugang besaß, ausschließlich den Mönchen vorbehalten. Lageplan und Ansichten der barocken Gartenanlage um 1760 sind im Neuzeller Stiftatlas überliefert. Er ist heute neben gartenhistorischen Untersuchungen und archäologischen Grabungen eine wichtige Quelle, wenn es um die Wiederherstellung der Klostergärten in ihrer ursprünglichen Form geht.

Im Abtgarten liegt die wiederhergestellte Orangerie, die sich mit ihren Fenstern nach Süden hin öffnet. Sie ist das Winterquartier für Citrusbäumchen und andere frostempfindliche Gewächse, die im Sommer in großer Zahl das Schmuckparterre und die Terrassen zieren. Die Orangerie im Rücken, schweift der Blick des Besuchers in südlicher Richtung über das Orangerie-Parterre: in Form geschnittene Hecken und Bäumchen säumen

Klostergärten Stift Neuzelle
Repräsentation im Gartenstil weltlicher Fürstenhöfe

die Wege; wo diese sich im Zentrum kreuzen, liegt ein Brunnen. Das pergolenartige Halbrund der Treillage wurde rekonstruiert und mit jungen Hainbuchen bepflanzt. Dahinter liegt ein weiterer Teil des Abtgartens mit dem Spiegelbassin.

Im Conventgarten nördlich der Orangerie wurden die originalen Hainbuchenhecken zum Teil durch Neupflanzungen ergänzt. Auch die Rekonstruktion des Lindenrondells, von dem neben der zentralen Etagen-Linde nur einige historische Bäume erhalten sind, wurde begonnen: Junge Bäume und ein gezielter Schnitt der in Jahrzehnten durchgewachsenen Altbäume weisen den Weg. Die zentrale Linde reagierte bereits sichtbar: ihr Neuaustrieb lässt bereits ihre frühere und zukünftige Form erahnen. So macht der aktuelle Zustand dem Besucher die Rekonstruktion einer spektakulären Baumarchitektur nachvollziehbar. Gleichzeitig wird anschaulich, dass die kunstvolle Form erst durch geduldige Manipulationen der natürlichen Ressourcen entsteht.

Abt- und Conventgarten werden jeweils der Länge nach durch den schnurgeraden Dorchegraben halbiert. Östlich des

Wassergrabens befanden sich die Nutzgärten. Auch sie waren architektonisch durchgestaltet und schlossen sich mit ihrer geometrischen Anlage an die klosternahen Gärten an. Über Brücken in den jeweiligen Achsen der Hauptwege waren beide Teile miteinander verbunden.

Heute sind rund 3 ha der Gartenanlagen für die Öffentlichkeit zugänglich. Trotz einiger Einschränkungen wie den Kleingärten östlich des Dorchegrabens ist die ursprüngliche Anlage des Barockgartens in ihren Grundstrukturen bis heute erhalten geblieben. Einige historische Gartenräume konnten in den letzten Jahren zurückgewonnen werden. Gehölzbestände aus dem 18. und 19. Jahrhundert wurden baumpflegerisch gesichert und zum Teil ergänzt. Weitere Maßnahmen zur Wiederherstellung und Erhaltung des Gartens sind für die kommenden Jahre geplant. Damit wird ein für Brandenburg einmaliges und weitgehend unverfälschtes Zeugnis barocker Gartenbaukunst wieder belebt und zu einem zunehmend attraktiven Ziel.

Neben dem Besuch der Klostergärten empfielt sich ein Spaziergang um den Klosterteich westlich des Klosterportals. Auch die ‚Scheibe' innerhalb der Klostermauern, halb Wallfahrtsberg, halb Weinberg, ist eine Besichtigung wert.

Hinweis: Wegen sehr steiler Treppenanlagen ist der Garten für gehbehinderte Besucher nur beschränkt zugänglich.

Info

Lage Klostergärten Stift Neuzelle 15898 Neuzelle (LK Oder-Spree); Zugang: Stiftsplatz

Anschrift Stiftung Stift Neuzelle Stiftsplatz 7
15898 Neuzelle Fon 033652 81 40
www.kloster-neuzelle.de

Kontakt Tourismus-Information Neuzelle Fon 03352 61 02

Anfahrt Neuzelle liegt an der B112: Frankfurt (Oder)-Eisenhüttenstadt-Cottbus
ÖPNV: Regionalbahn RE1, Potsdam-Berlin-Frankfurt (Oder) von dort RE11, Cottbus, bis Bhf. Neuzelle

COTTBUS/NIEDERLAUSITZ/ELBE-ELSTER-LAND

BERLIN
BRANDENBURG an der Havel
POTSDAM
1
Werder (Havel)
5
Teltow
Klein-machnow
2
4
3
Ludwigs-felde
BELZIG
FLÄMING
LUCKENWALDE
Jüterbog
HERZBERG (Elster)
ELBE-ELSTE LAND
Brandenburg
Berlin
Doberlug Kirchhain
Bad Liebenwerda
Gut Saathain
30
Elsterwerd
Cottbus
Niederlausitz
Elbe-Elster-Land

SEELOW
20
Erkner
Fürstenwalde/
Spree
FRANKFURT
(Oder)
Zeuthen
Königs
Wusterhausen
Bad Saarow-
Pieskow
23
22
24
25
ODER-SPREE-
DAHME-
SEENGEBIET
Eisenhütten-
stadt
BEESKOW
SEENGEBIET
26
27
Guben
SPREEWALD
LÜBBEN
29
Luckau
Lübbenau
COTTBUS
FORST
(Lausitz)
28
Calau
NIEDERLAUSITZ
insterwalde
Spremberg
SENFTENBERG
auchhammer
20 km
© L&H Verlag/kontur

28 DER SPREEAUENPARK IN COTTBUS

Der Name „Cottbus" war über Jahrzehnte mit Begriffen wie Tagebau, Braunkohle und Stromerzeugung verbunden. Trotzdem galt es aufgrund seiner Bauweise, durch den innerstädtischen Grünring und wegen der angrenzenden Parklandschaften immer als grüne Stadt. Mit der Austragung der Bundesgartenschau im Jahr 1995 erhielt diese Seite Zuwachs.

Kernbereich der Bundesgartenschau war der Spreeauenpark. Er wurde auf einer ehemalige Brachfläche angelegt, die als Park- und Festplatz gedient hatte und einen begrenzten Altbaumbestand aufwies. Umgeben von den Spreeauen im Westen, dem Eliaspark im Norden, dem Vorpark im Osten sowie dem Tierpark und dem Branitzer Park im Süden wurde er zum modernen Bindeglied der bestehenden Grünanlagen aus mehreren Zeitepochen. Verantwortlich für die Neuanlage zeichneten die Architekturbüros B. Leipacher aus Wuppertal und H. H. Eckebrecht aus Kelkheim. Auch nach der Schließung der Gartenschau blieb der Park größtenteils erhalten und bietet dem Besucher heute ein reichhaltiges Angebot.

Prägende Strukturen des 55 ha großen Spreeauenparks sind die weiträumigen Wiesenlandschaften. Wasser führende Gräben durchziehen und strukturieren sie mit ihrem uferbegleitenden Bewuchs. Randgehölze und Allee-Bepflanzungen bilden die Begrenzung. Ein reichhaltiges Spektrum an Wiesenblumen fasziniert mit jahreszeitlich wechselnden Blühaspekten. Der neu angelegte, über 9000 m^2 große Weiher im Bereich Messepark ist nicht nur ein ästhetisches Element: Funktionstechnisch wird er als Puffer für die Wasserregulierung des gesamten Geländes genutzt und biologisch dient sein vielgestaltiges Ufer als Feuchtbiotop für Pflanzen und Tiere.

Westlich, zu den Spreeauen hin, befinden sich weitere Flächen, die als stehende Gewässer und Versumpfungszonen mit nur geringem Wasserzufluss gestaltet sind. Die hier stehende Pflanzengesellschaft wurden nach fossilen Funden des

Spreeauenwald
Die BUGA 1995 festigte das „grüne" Image von Cottbus

Tertiär-Waldes zusammengestellt. Entsprechende Arten kamen in der Niederlausitz auch vor etwa 10 Millionen Jahren vor und bildeten die Grundlage für die Entstehung der Braunkohle. Reste eines fossilen Mammutbaumes stammen aus dem Braunkohleflöz im Tagebau Klettwitz, er wuchs vor etwa 15 Millionen Jahren im Niederlausitzer Kohlemoor und wurde dort etwa 1200 Jahre alt. Der Tertiär-Wald ist umgeben von Beispielen typischer Moore in unserer Zeit.

Wem die Vorzeit zu grau ist, kann sich dem farbenprächtigen Rosengarten widmen. Er beherbergt fast 7000 Edel-, Beet-, Strauch- und Kletterrosen. Sie sind farblich abgestimmt zusammengestellt und mit anderen Pflanzen kombiniert. Auch an den Farben im Kräuter- und Bauerngarten, die am östlichen Rand des Geländes liegen, kann sich der Besucher erfreuen und Anregungen für den Privatgarten holen.

Der sog. Vorpark liegt nördlich des Branitzer Parks, zu dem er zu Zeiten von Hermann Fürst von Pückler-Muskau auch gehörte. Er diente als Feldflur dem Ackerbau und wurde lediglich durch einige Baum- und Strauchpflanzungen geschmückt. So hinterließen die großzügigen Freiräume und weiten Wiesenflächen den Eindruck einer natürlichen Landschaft. Eine durch Pückler angelegte Eichenallee ist auch Teil der Flurverschönerung. Sie bildet die Abgrenzung des Geländes nach Westen und wird heute nur noch von Fußgängern und Radfahrern benutzt.

Auch der Eliaspark hat historische Wurzeln. Er liegt innerhalb des Stadtrings, seine Anlage wurde in den Jahren 1901/02 von der Tuchfabrikanten-Familie Elias gestiftet. Störende Eingriffe, die in der Folgezeit den Landschaftspark zunehmend entstellten, konnten im Zuge des Baumaßnahmen für die Bundesgartenschau kaum korrigiert werden.

In den Sommermonaten fährt eine Schmalspurbahn – zum Teil noch unter Dampf – vom Sandower Dreieck am Eliaspark durch den Spreeauenpark bis zum Branitzer Park. Über die Angebote des vielseitigen Kulturprogramms im Spreeauenpark sollten sich Interessierte vor einem Besuch erkundigen.

Info

Kontakt CMT Congress Messe Touristik GmbH Vorparkstr. 3 03042 Cottbus Fon 0355 754 20 www.cottbus.de

Lage Der Spreeauenpark liegt im Süden von Cottbus außerhalb des Stadtrings

Anfahrt Autobahn A15 Ausfahrten Cottbus-Süd oder Cottbus-West; Bundesstraßen B97 und B169
ÖPNV: Bahn RE2 aus Wismar-Berlin, RE11 aus Frankfurt/Oder, RE10 aus Leipzig bis Cottbus Hbf; etwa 1,5 km Fußweg oder Bus 13 bis Stadtpromenade, von dort Bus 19 bis Tierparkplatz

Literatur Bundesgartenschau Cottbus 1995 GmbH (Hrsg): Offizieller Austellungskatalog, Cottbus (1995)
Claudia Vogelsang: Stiefmütterchen Cottbus, 1. Bundesgartenschau in den neuen Ländern; Garten und Landschaft, Heft 7, S. 4-5, (1995)

29 STADTPARK UND SCHLOSSPARK IN LUCKAU

Die historische Altstadt von Luckau ist eine planmäßige Anlage aus dem 13. Jahrhundert. Auch die Stadtmauer und der Stadtgraben stammen aus dieser Zeit. Sie sind fast vollständig erhalten und restauriert. Im späten Mittelalter war Luckau Schnittpunkt wichtiger Handelswege und gelangte so zu wirtschaftlicher Blüte. Eine große Anzahl von historischen Gebäuden aus dieser Zeit, zum Teil mit prunkvollen Giebeln, verleihen der Stadt noch heute eine behagliche Atmosphäre.

Im Jahr 2000 war Luckau Veranstaltungsort der ersten brandenburgischen Landesgartenschau. Dazu wurden einerseits neue Anlagen geschaffen, andererseits bestehende Grünzüge ausgebaut und integriert.

Der südlich des Altstadtkerns gelegene Stadtpark wurde neu angelegt. Er war flächenmäßig der größte Bestandteil der Gartenschau und entstand nach Entwürfen von Inge und Heinz H.

STADTPARK
Großer und kleiner Weiher laden zum Entspannen ein

Eckebrecht aus Kelkheim im Taunus. Den Park kennzeichnen weiträumige Wiesenflächen, die durch Einzelbäume und Gehölzgruppen harmonisch gegliedert werden. Zusätzliche markante Gestaltungselemente sind Buchenhecken: bogenförmig angepflanzt, fassen sie eine romantische Staudenfläche ein, an anderer Stelle formen sie ein Labyrinth.

Im zentralen Bereich des Stadtparks liegt der große Weiher mit einer bunten Vielfalt an Uferstauden. Auf der Sitzterrasse, die in den See hinein ragt, kann sich der Besucher entspannen und den Blick in die weite, angrenzende Wiesenlandschaft der Niederlausitz genießen. Weiter im Südosten des Parkgeländes, neben der Streuobstwiese, können sich die Kleinen auf dem Wasserspielplatz und dem Spielhügel austoben.

Nordwestlich vom großen Weiher liegt der Moorbadgarten. Mit dem kleinen Weiher, dem Kneipp'schen Wassertretbecken und einem Café ist er ein besonders beschaulicher Teil des Stadtparks. Er soll daran erinnern, dass Luckau um 1900 ein Heilbad war. Besonders schön ist es hier, wenn die über hundert Rhododendren in aufeinander abgestimmten Farben um den kleinen Weiher blühen.

Idyllische Promenaden und ihr alter Baumbestand begleiten die etwa 1,5 km lange Stadtmauer und den Wasser führenden Stadtgraben mit seinen Booten. Sie laden zu einem Spaziergang um den historischen Stadtkern ein. Dabei liegt manch schöner Privatgarten am Weg, auf den es sich einen Blick zu werfen lohnt. Über die Promenaden erreicht man zugleich den Schlosspark im Norden der Altstadt. Auch ohne Schloss – es wurde bereits im 30-jährigen Krieg zerstört – hat der Park dem Besucher einiges zu bieten. Ein Rosengarten mit über 3000 Stöcken von 80 – auch historischen – Sorten besitzt einen ganz eigenen Reiz. Besonders ansprechend ist dabei die Kombination mit Stauden und unterschiedlichen Gehölzen. Auch im Wassergarten entstand ein vielgestaltiger Blütenreigen. Die Trockenmauern aus Naturstein zeigen, was „Mauerblümchen" wirklich sind. Und wem der Sinn nach der Unterwelt steht, kann die Gewölbekeller besichtigen, die anlässlich der Gartenschau

SCHLOSSPARK
Staudenvielfalt vor dem klassizistischen „Schlossberg"

restauriert wurden. Ausruhen könnte man sich in der Gaststätte „Schlossberg", einem Gebäude von 1845 im klassizistischen Stil.

Ein naturkundlich faszinierendes Ereignis findet regelmäßig im November auf den abgeernteten Feldern im Süden von Luckau statt: Hier rasten Kraniche, Wildgänse und Kibitze zu Tausenden, um sich für den Flug in ihre Winterquartiere zu stärken.

Die Tatsache, dass die Grünanlagen der Stadt Luckau im europäischen Wettbewerb „Entente Floral 2001" eine Silbermedaille erhalten haben, macht ihre Qualität, auch nach Beendigung der Landesgartenschau, deutlich.

INFO

KONTAKT Tourismusverband Niederlausitzer Land e.V.
Nordpromenade 19 15926 Luckau Fon: 03544 30 50
www.niederlausitz.com

ANFAHRT A13 Ausfahrten Calau und Duben; In Luckau kreuzen sich die Bundesstraßen B87, B96 und B102;
ÖPNV: Regionalexpress RE5, Berlin-Stadtbahn – Senftenberg/-Elsterwerda bis Bhf. Luckau-Uckro; Bus RVS 466 bis Luckau

Westlich von Elsterwerda, am Zusammenfluss von Schwarzer Elster und Großer Röder, liegt der Ort Saathain. Hier bestand bereits in frühen Zeiten ein Flussübergang mit einer alten Burg, aus der später das Schloss hervorging. Es thronte auf einem Hügel inmitten der weitläufigen Sumpflandschaften der Flussauen. 1140 wurde Saathain zum ersten Mal urkundlich erwähnt.

Direkt am Ortseingang liegt das Gut Saathain, das bereits im 15. Jahrhundert existierte und über mehrere Jahrhunderte durch die Familie von Schleinitz bewirtschaftet wurde. Der Besucher tritt durch das Torhaus in den Hof und ist von den ehemaligen Wohn und Stallgebäuden sowie der Kirche umgeben. In seinem rekonstruierten und restaurierten Zustand fügt sich das mit Fachwerk reich ausgestattete Ensemble zu einer beeindruckenden Gesamtheit zusammen.

Hinter der Hofanlage befindet sich ein Terrassencafé; es wurde 1972 auf den Ruinen des 1945 abgebrannten Schlosses errichtet. Zur gleichen Zeit begann man auch, den Rosengarten anzulegen, der rechter Hand liegt. Ihn gliedert ein gradliniges

GUT SAATHAIN
Die Fachwerkkirche ist Blickpunkt des beeindruckenden Ensembles

Wegenetz und Reihen mit Zuckerhutfichten. Inzwischen wachsen und gedeihen hier etwa 5000 Rosenstöcke. Außer „Schneewittchen", „Elbeglut" oder „Elisabeth" findet der Besucher noch um die 70 andere Sorten. Ihr mehr oder weniger zarter Duft und die vielfältigen, changierenden Blütenfarben wollen den Besucher betören, sein Gang durch den Garten wird zur Augen- und Nasenweide: Bei näherem Hinsehen zeigt jede Blüte ihr eigenes Gesicht. Informationstafeln geben Auskünfte über einzelne Besonderheiten. Der intime Charakter des Rosengartens wird ergänzt durch den Blick in die umgebende Landschaft.

Als Ergänzung zum strahlenden Blüten-Arrangement des Rosengartens findet der Besucher jenseits des Terrassencafés den Schlosspark mit einigen alten Eichen und Buchen, die in dem eher urwüchsigen Baumbestand erhalten geblieben sind. Im Teich blühen im Sommer neben Teichrosen auch Lilien und Wasserhahnenfuß; wunderschön ist im März auch der zarte Blütenteppich der Buschwindröschen.

Ein neu entstehender Rundweg lädt ein, die Geschichte des Ortes aufzuspüren und die umgebende Landschaft mit Parkanlagen, Wiesen- und Gewässern zu erleben.

Für Veranstaltungen des vielfältigen Kulturangebots von Gut Saathain steht unter anderem der Festsaal im ehemaligen Stallgebäude und Futterhaus zur Verfügung. Als weiterer Konzertort dient die Fachwerkkirche mit einem Interieur des späten 18. und frühen 19. Jahrhunderts.

INFO

LAGE Saathain liegt etwa 4 km westlich von Elsterwerda, an der Grenze zum Naturpark Niederlausitzer Heidelandschaft

KONTAKT Förderverein „Kirche, Park und Rosengarten Saathain" e.V. Gut Saathain Am Park 5 04932 Saathain
Fon 03533 81 92 45 www.saathain.de

ANFAHRT über B101, Abzweig nach Saathain nahe Elsterwerda
ÖPNV: Regionalexpress RE5 aus Stralsund/Rostock – Berlin-Stadtbahn bis Elsterwerda

SERVICE

WICHTIGE ADRESSEN

TMB Tourismus-Marketing Brandenburg GmbH
Am Neuen Markt 1
14467 Potsdam

Informations- und Buchungsservice
TMB-Hotline 0331 200 47 47
Fax 0331 298 73 28
www.kulturreisen-brandenburg.de
www.reiseland-brandenburg.de

www.ag-historische-stadtkerne.de

DB Regio
Regionalbereich Berlin-Brandenburg
Babelsberger Strasse 18
14473 Potsdam
Fon 0331 235 68 81 -82
Fax 0331 235 68 89
ran-berlin-brandenburg@bahn.de
www.bahn.de

VBB
Verkehrsverbund Berlin-Brandenburg
Hardenbergplatz 2
10623 Berlin
Fon 030 254 14 0
Fax 030 254 14 112
info@vbbonline.de
www.vbbonline.de
mit VBB fahrinfo

Deutsche Gesellschaft **DGGL**

für Gartenkunst und Landschaftskultur e.V.

Die DGGL setzt sich als einziger bundesweit tätiger Verband für das Grün als Kulturgut ein:

- Erhaltung, Erforschung und nachhaltige Entwicklung von Kulturlandschaften
- Erhaltung, Restaurierung und nachhaltige Pflege historischer Gärten und Parks
- Schaffung und Sicherung von qualitätvoll gestalteten grünen Freiräumen im Siedlungsraum

Die DGGL wurde 1887 gegründet und arbeitet heute in 18 selbständigen Landesverbänden.

Die DGGL fördert das Bewusstsein für den Kulturfaktor Grün in der Öffentlichkeit und die kritische Diskussion in Fachkreisen durch:

- Exkursionen und Fachführungen
- Vorträge und Seminare
- Tagungen und Kongresse
- Presseerklärungen und öffentliche Stellungnahmen
- Bundesweite und regionale Führer zu Gärten und Parks
- Eigenständige Fachveröffentlichungen
- Herausgabe der renommierten Fachzeitschrift Garten + Landschaft

Deutsche Gesellschaft für Gartenkunst
und Landschaftskultur e.V. (DGGL)
Bundesgeschäftsstelle und Landesgeschäftsstelle
Berlin-Brandenburg
Wartburgstr. 42, 10823 Berlin
Tel. 030 / 787 13 6 14 (Bund)
und 030 / 788 11 25 (Land)
www.dggl.org

WICHTIGE KULTURVERANSTALTUNGEN

Veranstaltungen im Land Brandenburg
www.kulturland-brandenburg.de
Fon 0331 23 11 369

Brandenburgische Sommerkonzerte
www.brandenburgische-sommerkonzerte.de
Fon 030 78 95 79 40

Kulturfeste im Land Brandenburg
www.kulturfeste.de
Fon 0331 23 11 214 -5
Die Jahresbroschüre kann auch über TMB bezogen werden

Musikfestspiele Sanssouci und Nikolaisaal Potsdam
www.musikfestspiele-potsdam.de
Fon 0331 28 888 28
Fax 0331 28 888 29

Stiftung Preussische Schlösser und Gärten Berlin-Brandenburg
www.spsg.de

Potsdamer Schlössernacht
www.schloessernacht.de

Haus der Brandenburgisch-Preussischen Geschichte
www.hbpg.de

Musik in Zisterzienserklöstern Lehnin und Zinna
www.pmsconcert.de

Fläming-Festival Jüterbog: Musik- und Chorkonzerte, Tanz, Lesungen
www.jueterbog-online.de

Wiepersdorfer Sommerfest
www.wiepersdorf.de

Kunst, Musik, Theater, Architektur, Ausstellungen –
Im ganzen Land, zu einem Jahresthema...

Kulturland Brandenburg 2005 DER HIMMEL AUF ERDEN

1000 Jahre Christentum in Brandenburg

Kulturland Brandenburg 2006 SCHINKEL UND MEHR

Baukultur in Brandenburg

i Kulturland Brandenburg e.V. | Schlossstraße 12 | 14467 Potsdam (0331) 58 16-0
info@kulturland-brandenburg.de ► www.kulturland-brandenburg.de

Schlosstheater Rheinsberg
www.schlosstheater-rheinsberg.de/index.shtml

Rheinsberger Musiktage
www.rheinsberg.de

Opernfestival im Schlosspark Rheinsberg
www.kammeroper-rheinsberg.de
Uckermark/Barnimer Land/Märkisch-Oderland

Museumspark Rüdersdorf
www.museumspark.de

Ausstellungen, Theater, Lesungen, Konzerte auf Schloss Neuhardenberg
www.neuhardenberg.de

Open Air Klassik Hoppegarten
www.openair-hoppegarten.de

Musikfesttage an der Oder
www.konzerthalle-bach.de/progbach.htm

Kleistfesttage Kleistforum
www.frankfurt-oder.de

Kultursommer am „Märkischen Meer"
www.bad-saarow.de

Amphitheater am Senftenberger See
www.senftenberger-see.de

Wasserschloss Grossleuten
www.rohkunstbau.de

Park und Schloss Branitz
www.lausitzer-opernsommer.de

erdgas

Umweltschutz vor Ort:
EMB Natur – der Preis, der Naturparks hilft
Fragen Sie uns

04/05

EMB Erdgas Mark Brandenburg GmbH
Großbeerenstraße 181-183, 14482 Potsdam
Telefon 0331 7495-0, Fax 0331 7495-300

EMB

www.emb-gmbh.de

BESTENS VERSORGT

FilmFestival Cottbus
www.fimfestivalcottbus.de

Diese Liste erhebt keinen Anspruch auf Vollständigkeit. Es gibt ein Fülle weiterer Kulturveranstaltungen und spezieller Gartenveranstaltungen im Land Brandenburg. Sollten Sie weitere Fragen haben, so wenden Sie sich bitte an die TMB-Hotline oder nutzen Sie die umfangreiche Jahresbroschüre von Kulturfeste im Land Brandenburg

Wagner-Orgel in Felchow
Photo: Ute Badura

Orgelmusik

Das Land Brandenburg ist reich an historisch bedeutsamen Orgeln. Erleben Sie die Schönheit und Klangvielfalt der Königin der Instrumente bei Orgelexkursionen durch den Fläming und die Uckermark, durch die Prignitz oder die Niederlausitz. Besuchen Sie Konzerte, Orgelnächte, Orgelwerkstätten und Festgottesdienste in Lindow und Großräschen, in Angermünde und Blankensee, in Müllrose, Werder und anderen Orten.

Konzerte, Oper, Tanz, Theater, Film, Literatur und Bildende Kunst

Vom Kloster Stift zum Heiligengrabe bis zum Pückler-Park in Branitz, vom Gutshof Saathain bis zum Schlosspark in Schwedt, von der Orangerie in Neuzelle bis zur Glashütte Annenwalde:
In Brandenburgs Parks und Gärten, Schlössern und Scheunen, in Klöstern, in alten Dorfkirchen und in gotischen Stadtkirchen, aber auch im Flugzeughangar oder im Schafstall:
Es erklingen Barockmusik, Chorkonzerte und zeitgenössische Musik, Sie erleben Tanz- und Theatervorstellungen, Puppentheater und Opern, Lesungen, Filme und Ausstellungen.

Kammeroper Schloss Rheinsberg
Photo: Henry Mundt

Klassik im Grünen Buckow
Photo: Ute Badura

Programm

Die Jahresbroschüre der Kulturfeste mit hunderten Veranstaltungshinweisen von über 50 Festivals und Veranstaltungsreihen im ganzen Land Brandenburg können Sie gegen eine Versandkostenpauschale telefonisch bestellen unter 0331 - 200 47 47 oder 0331 - 23 11 214, sowie per E-Mail an broschuere@kulturfeste.de. In Berlin ist sie im RegioPUNKT im Bahnhof Friedrichstraße kostenlos erhältlich.

Kulturfeste im Land Brandenburg

www.kulturfeste.de

BRANDENBURGISCHE SCHLÖSSER GMBH
Breite Str. 9 14467 Potsdam Fon 0331 27 91-50 Fax -594
www.brandenburgische-schloesser-gmbh.de
info@schloesser-gmbh.de

BRANDENBURGISCHES LANDESAMT FÜR DENKMALPFLEGE UND ARCHÄOLOGISCHES LANDESMUSEUM
www.denkmalpflege.brandenburg.de

CAMPING
Eine umfangreiche Broschüre und Informationen gibt es bei Verband der Campingwirtschaft im Land Brandenburg e.V., Brückenstrasse 15 16244 Finowfurt Fon 03335 32 67 17
www.camping-in-brandenburg.de

DGGL
Deutsche Gesellschaft für Gartenkunst und Landschaftskultur e.V.
www.dggl.org

FONTANE/LITERATUR
Wer sich mit Brandenburg beschäftigt, kommt an Theodor Fontane (1819-1898) nicht vorbei. In seinem Werk „Wanderungen" schildert er die Märkische Landschaft, ihre Geschichte, die Sitten und die Bewohner und natürlich die Parks und Gärten.
Empfehlung: Wanderungen durch die Mark Brandenburg, 7 Bd., Aufbau-Verlag, ISBN 3-7466-5290-1
Fontane Gesellschaft Fon 03391 65 27 72

FÜHRUNGEN
Wollen Sie mehr erfahren, Hintergründe und Hintersinniges kennenlernen, vielleicht auf Fontanes Spuren weilen, empfehlen wir Ihnen, sich einer versierten Führerin oder eines Führers anzuvertrauen. Führungen können Sie über die Fremdenverkehrsvereine buchen. Eine direkte Empfehlung haben wir auch: Elisabeth Schilzeth M.A., Reiseführung und Reisebegleitung,
Fon 030 601 01 07 oder 0173 232 35 25
www.stadtführungenberlin.de

Land und Leute.
Geschichten aus Brandenburg-Preußen

Wechselnde Sonderausstellungen, Führungen, Vorträge, Lesungen, Angebote für Kinder und Co., Seminare für Großeltern, Feste und Märkte

Haus der Brandenburgisch Preußischen Geschichte

Dienstag bis Sonntag 11 – 18 Uhr
Mittwoch 11 – 20 Uhr
Info 0331-620 85 50 www.hbpg.de

POTSDAM KUTSCHSTALL AM NEUEN MARKT

Tagestouren in die Mark und Nachbarregionen buchen Sie auch über Märkische Touren: interessante Tages-Exkursionen in Zusammenarbeit mit dem BUND. Anreise per Bus oder Bahn und dann weiter mit Fahrrad, Kanu oder zu Fuß.
Märkische Touren
Fon 030 39 73 19 51   maerkische-touren@web.de

Freundeskreis Schlösser und Gärten der Mark
Der 1992 gegründete und ehrenamtlich arbeitende Freundeskreis gibt eine Publikationsreihe „Schlösser und Gärten der Mark" heraus (Hrsg. Sybille Badstübner-Gröber). Bisher sind fast 70 Einzelpublikationen über Schlösser und Adelssitze, deren Park- und Gutsanlagen, sowie über die dazugehörigen Dorfkirchen im Land Brandenburg erschienen. Bestellungen der Publikationen und Spenden gegen Spendenbescheinigungen beim
Freundeskreis Schlösser und Gärten der Mark   Bundesallee 22
10717 Berlin   Fon 030 88 41 22 66
www.deutsche-gesellschaft-ev.de
Bankverbindung: Berliner Sparkasse   BLZ 100 500 00
Konto 297 000 6785

Haus der Brandenburgisch-Preussischen Geschichte
Am Neuen Markt   14467 Potsdam   Fon 0331 201 39 49
www.hbpg.de

Kulturfeste
Alle Veranstaltungen gibt es in einer übersichtlichen Broschüre bei Kulturfeste im Land Brandenburg e.V., Schloßstr. 1,
14467 Potsdam, Fon 0331 231 12 14 /-15, info@kulturfeste.de oder direkt bei der TMB

Kulturland Brandenburg
Die themenbezogenen Jahresübersichten der Kulturland Brandenburg e.V. erhalten Sie unter
www.kulturland-brandenburg.de oder Fon 0331 581 60
Adresse: Schloßstr. 12, 14467 Potsdam

Ministerium für Landwirtschaft, Umweltschutz und Raumordnung
www.brandenburg.de/land/mlur

Unser Grün –
ein Ort, an dem nicht nur
Kinderherzen höher schlagen.

Grüne Orte der Erholung, an denen Platz zum Entspannen und zum Spielen ist. Gestaltete Natur ist ein Stück Lebensqualität: Entdecken Sie mit uns die unbekannten Gärten Brandenburgs und nehmen Sie Ideen mit nach Hause! Wir Landschaftsgärtner helfen Ihnen gern, auch Ihren Garten zu einem Ort der Erholung zu machen. Wir bieten Ausführung und Pflege zu einem exzellenten Preis-Leistungs-Verhältnis. Achten Sie auf das Zeichen unserer Fachbetriebe.

Ihr Experte für
Garten & Landschaft

Fachverband Garten-, Landschafts- und
Sportplatzbau Berlin/Brandenburg e.V.
Kleinmachnower Weg 11 14165 Berlin
Fon: 030 – 84 50 74 30 web: galabau-berlin-brandenburg.de

Schlösserfahrten
Mehr als 500 Schlösser, Herrenhäuser, Gutshäuser – größtenteils umgeben von Gärten und weitläufigen Parks – prägen die Kulturlandschaft Brandenburg. Die Brandenburgische Schlösser GmbH initiiert Schlösserfahrten, die als Ein- oder Zwei-Tagesfahrten in der Nähe von Berlin beginnen bzw. enden. Nähere Informationen zu Terminen, Abfahrtzeiten, Orten und Preisen über die TMB-Hotline 0331 200 47 47
www.reiseland-brandenburg.de

Urlaub auf dem Bauernhof
Informationen vom Arbeitskreis Brandenburger Landgasthof/-Landurlaub in Brandenburg Am Raubfang 6
14469 Potsdam Fon 0331 50 00 37 , Fax 0331 50 08 32
landurlaub-brandenburg@t-online.de

Wassersport
Wassersportler und Wasserwanderer erhalten eine gute Übersichtskarte mit Wasserevents, Bootshäusern und Gastronomie am Wasser von der TMB (Hotline 0331 200 47 47) oder der Berlin Tourismus Marketing unter Fon 0190 0163 16
(Euro 0,45/Min), www.berlin-tourism.de

Die Kunst der Vielfalt

Seit 1932 erstellen wir historische Parkanlagen ebenso wie moderne Freiflächen. Unterschiedliche Gestaltungselemente wie Natursteinmauern, umfangreiche Pflanzungen, verschiedene Wegebeläge oder Brunnenanlagen werden von uns vom Plan in die Realität umgesetzt.

Garten- und Landschaftsbau

Sportplatzbau

Freiflächenbetreuung

Erdbau

Rückbau und Recycling

Otto Kittel
GmbH & Co.
Garten-, Landschafts-
und Sportplatzbau KG

Dahlemer Weg 120 • 14167 Berlin (Zehlendorf)
Tel. (030) 8 17 50 55 • Fax (030) 8 17 92 83
e-mail: info@otto-kittel.de
internet: www.otto-kittel.de

LOKALE GARTENINITIATIVEN

BIOGARTEN PRIEROS Prieros
Fon 033768 501 30 www.biogartenprieros.de

BOTANISCHER GARTEN PRIEROS Prieros
Fon 033768 507 79 www.prieros.de

DENKMALE GLAMBECK E.V. Glambeck
Fon 033361 702 65 www.glambeck.barnim.de

FÖRDERVEREIN GÖRLSDORF UCKERMARK E.V. Angermünde
Fon 03331 2683 73

FÖRDERVEREIN KIRCHE, PARK UND ROSENGARTEN SAATHAIN E.V.
Saathain
03533 81 92 45 www.saathain.de

FÖRDERVEREIN SCHLOSS HOHENLANDIN E.V. Berlin
Fon 030 278 62 22 www.hohenlandin.de

HEIMATVEREIN PÄTZ E.V. Bestensee OT Pätz
Fon 033763 644 48 www.bestensee.de

HEIMATVEREIN PETZOW E.V. Werder
Fon 03327 66 83 79 wwwschwielowsee-tourismus.de

INITIATIVE ZERNIKOW E.V. Großwoltersdorf
Fon 033082 702 75 und 033082 51 88

KULTURGUTSHAUS KÖPERNITZ E.V. Köpernitz
Fon 033931 378 55 und 030 44 237 51

KULTUR- UND HEIMATVEREIN KULTURERBE FÜRSTLICH DREHNA E.V.
Fürstlich Drehna
Fon 035324 569

KULTUR- UND HEIMATVEREIN WUBLITZTAL E.V. Marquardt
Fon 033208 572 33

GARTEN- UND LANDSCHAFTSBAU **GLF**

Sie sind immer im grünen Bereich

Das repräsentative und gepflegte Erscheinungsbild Ihrer Grünanlage ist die beste Visitenkarte. Die Natur in ihrer Ganzheit, aber vor allem auch Ihre kleinen grünen Oasen tragen zur erhöhten Lebensqualität bei.

Wir bringen langjährige, umfassende Erfahrung im Landschaftsbau mit in Ihre Außenanlagen ein, beraten Sie fachmännisch, planen ökologisch und beziehen Ihre individuellen Wünsche in die Gestaltung ein.

Von kleinen, aber feinen Gärten bis zur Gestaltung öffentlicher Parks und großräumiger Außenanlagen haben wir uns dem Grün verschrieben.

GLF Garten- und Landschaftsbau
Frey Eisenhüttenstadt GmbH
Seeplanstraße 8 15890 Eisenhüttenstadt
Tel. 03364/413 535 Fax 03364/413 609
Email: glf-eisenhüttenstadt@frey-gruppe.de

Wir gestalten, bauen und pflegen Lebens(t)räume

Kunst- und Kultursommer Saxdorf e.V. Saxdorf
Fon 035341 21 52 www.saxdorf.de

Kunst- und Kulturverein Alte Schule e.V. Baruth/Mark
Fon 033704 655 05 www.son-park.de

Tempelgarten e.V. Neuruppin
Fon 03391 2122

Verein zur Förderung und Erhaltung des denkmalgeschützten Landschaftsparkes Wiesenburg e.V. Wiesenburg
Fon 03384979 80 www.schlosspark-wiesenburg.de

Das Pflanzenmagazin für Profis.

Gratis Probeheft unter T 0711/4507-121

- Gartengestaltung
- Beispielhafte Gärten in aller Welt
- Staudenrabatten
- Neue Sorten
- Bäume und Sträucher
- Kübelpflanzen
- Buchtipps und Termine

Verlag Eugen Ulmer
Wollgrasweg 41 | 70599 Stuttgart
T 0711/4507-121 | F 0711/4507-120
www.ulmer.de | www.gartenpraxis.de

Ulmer

INFORMATIONEN

DGGL e.V. Deutsche Gesellschaft für Gartenkunst und Landschaftskultur
Landesverband Berlin-Brandenburg Berlin
Fon 030 788 11 25 www.DGGl.org

Kulturland Brandenburg e.V. Potsdam
Fon 0331 581 60 www.kulturland-brandenburg.de

Deutsche Gesellschaft e.V. Freundeskreis Schlösser und Gärten der Mark Berlin
Fon 030 88 41 22 66 www.deutsche-gesellschaft-eV.de

Stiftung Preussische Schlösser und Gärten Berlin-Brandenburg
Potsdam
Fon 0331 96942 02 www.spsg.de

Naturparkverwaltung Dahme-Heideseen Prieros
Fon 033768 96 90 www.grossschutzgebiete.brandenburg.de

NaturSchutzFonds Brandenburg Potsdam
Fon 0331 97 164 70 www.grossschutzgebiete.brandenburg.de

Brandenburgische Schlösser GmbH Potsdam
Fon 0331 27 91 50
www.brandenburgische-schloesser-gmbh.de

Lenné-Akademie für Gartenbau und Gartenkultur e.V.
Großbeeren
referat@gartenbau@lvl.brandenburg.de

Ferienhäuser

Traumanlage Hafendorf Rheinsberg

HAFENDORF RHEINSBERG

Entdecken Sie eine der schönsten Ferienanlagen Deutschlands. Erleben Sie die Hafen- und Urlaubsatmosphäre direkt vor den Toren der schönen Stadt Rheinsberg. Ab Frühsommer 2005 ist für Besucher per Boot auch der Wasserwanderrastplatz eröffnet. Herzlich willkommen!

Ferienhaus kaufen:

Gehen Sie im Hafendorf Rheinsberg vor Anker und erwerben Sie ein einzigartiges Ferienhaus am Ufer oder auf den Hafeninseln. Als Ihr persönliches Urlaubsdomizil mit Wohnflächen von 56–116 m² mit eigenem Bootssteg bzw. Anleger oder als Kapitalanlage für die gewerbliche Vermietung. Als Kaufinteressent informiert und berät Sie das Immobiliencenter der Berliner Volksbank. **Der direkte Draht: Tel. 030/3063-5196 oder 0170/4531032**

Urlaub buchen:

Machen Sie im Hafendorf Rheinsberg für einen Urlaub fest. Mieten Sie ein Ferienhaus und genießen den Charm dieser einzigartigen Anlage. In Rheinsberg und im Ruppiner Land gibt es viel zu entdecken – von Natur bis zur Kultur. Unter „Marinapark Rheinsberg" finden Sie bei www.sarcon.de Buchungsinformationen oder rufen Sie **direkt unter der gebührenfreien Nummer: 0800/8634300** bei den Ferienexperten von SARCON an.

Da auf dem Gesamtareal in 2005 noch gebaut wird, gibt es attraktive **20% Rabatt!**

Schauen Sie ins Internet, dort werden auch laufend aktuelle Bilder eingestellt!

www.hafendorf-rheinsberg.de

Wir denken mit. Berliner Volksbank

SARCON Ferien direkt

www.ehrenberg-werbung.de

GLOSSAR

ANTHROPOGEN Vom Menschen geschaffen, hier z.B. umgestaltete Landschaften, Wege, landwirtschaftliche Flächen.

BAROCKGARTEN Nach geometrischem Muster, oft mit streng symmetrischen Anpflanzungen gestalteter Garten. Häufig sind Bauten wie Pavillons, kleine Tempel oder Springbrunnen an zentraler Stelle integriert. Zu den bekanntesten B. in Deutschland zählen die Herrenhäuser Gärten in Hannover.

BENJESHECKE Heckenform, die zunächst aus zusammengeschichtetem Schnittholz durch die Pflanzung einzelner Sträucher und Bäume angelegt wird. Dazwischen sammeln sich im Lauf der Zeit angewehte oder eingetragene Samen, durch die die B. vor allem in der ausgeräumten Kulturlandschaft zu einem naturnahen Gebilde heranwächst und auch Tiere beherbergt.

FELDFLUR Landwirtschaftlich genutzte Fläche.

LANDSCHAFTSGARTEN (Englischer L.) Zwar künstlich gestaltete, aber möglichst naturnah wirkende Form der Gartenarchitektur. Natürliche Formen werden nachgeahmt, Wiesenflächen wechseln sich z.B. ab mit Gehölzgruppen oder Solitärbäumen. Richtungsweisend waren die Arbeiten von Lancelot "Capability" Brown, englischer Landschaftsgärtner und Gartenarchitekt des 18. Jahrhunderts. L. hoben sich bewusst von ihren streng, oft geometrisch mit ausgeprägten Symmetrien angelegten Vorgängergärten der Barockzeit ab. Bekannte Beispiele für L. im englischen Stil sind die Gärten von Fürst Pückler-Muskau in Branitz und Bad Muskau.

LENNÉ, PETER JOSEPH Bedeutender Landschaftsarchitekt des 19. Jahrhunderts (1789-1866). Als königlicher Generalgartendirektor verantwortlich für Gartenanlagen u.a. in Berlin und Potsdam und durch seinen Einfluss Vorbild für viele weitere, im Stil des Landschaftsgartens ausgeführter Anlagen. Kennzeichnend für L. war u.a. sein Bemühen, die natürlichen Geländeformen in seine Gestaltungen einfließen zu lassen.

Werden Sie Mitglied der Theodor Fontane Gesellschaft!

Am 15. Dezember 1990 wurde in Potsdam die Theodor Fontane Gesellschaft als literarische Vereinigung gegründet. Sie hat ihren Sitz in Neuruppin, der Geburtsstadt Theodor Fontanes.

Die Gesellschaft will Wissenschaftler und Literaturliebhaber zusammenführen, um in vielfältiger Weise die Beschäftigung mit dem Werk Theodor Fontanes zu pflegen und zu fördern.

Die Theodor Fontane Gesellschaft besteht aus 1100 Mitgliedern in 20 Ländern; 13 regionale Sektionen und Freundeskreise in Deutschland, sowie Freundeskreise in Großbritannien und Polen bieten den Mitgliedern und Interessenten ganzjährig zahlreiche Veranstaltungen an.

Als Mitglied erhalten Sie zweimal im Jahr die „Fontane Blätter" und die „Mitteilungen" kostenlos sowie Einladungen zu Frühjahrs- und Jahrestagung und weiteren Veranstaltungen der Gesellschaft.

Anschrift:
Theodor Fontane Gesellschaft e.V. – Geschäftsstelle
Postfach 1547   16803 Neuruppin
Fon/Fax 03391/652772
Fontane-Gesellschaft@t-online.de   www.fontane-gesellschaft.de

Brandenburgs historisches Grün

Der unverzichtbare Begleiter zu „Brandenburgs grüne Perlen":
Historische Gärten, bedeutende Parks – über 160 Anlagen in der Mark Brandenburg
ISBN 3-928119-82-6   € 16,80
Hardcover   342 Seiten

Orangerie Gebäude, das als Winterquartier frostempfindlicher Pflanzen wie etwa Zitrusgewächsen dient.

Ruderalpflanzen Pflanzen, die besonders gut auf vom Menschen beeinflussten bzw. gestörten Böden gedeihen, etwa an Wegrändern oder künstlich aufgeworfener Erde. Typische R. sind z.B. die Brennnessel oder verschiedene Arten von Knöterich. R. sind Kulturanzeiger, d.h. sie lassen nachträglich auf menschliche Landschaftsgestaltung oder Landwirtschaft schließen.

Sichtachse Freiraum, der einerseits den Garten in einzelne Bereiche trennt, vor allem aber Blickbeziehungen zwischen Elementen des Gartens oder darüber hinaus führenden Punkten in der Landschaft herstellt.

Solitär(baum) Einzeln stehender Baum, der durch seine hervorgehobene Position im Garten eine besondere Wirkung schaffen soll, oft in Kontrast zu Wiesenflächen oder Baumgruppen.

Streuobstwiese Auf einer St. stehen hochstämmige Obstbäume meist unterschiedlicher Sorten. Im Gegensatz zu den Plantagen im konventionellen Ertragsobstbau werden hier heutzutage keine Pestizide eingesetzt, was der natürlichen Besiedlung durch Unterwuchs und Tiere zu Gute kommt. Es besteht ein biologisches Gleichgewicht. St. werden darüber hinaus nicht nur für den Obstanbau genutzt, sondern auch als Viehweide oder zur Heugewinnung.

Sukzession In diesem Zusammenanhang die natürliche Abfolge der Ansiedlung von Pflanzen in einem bestimmten Lebensraum. Auf so genannte Pionierpflanzen folgen i.d.R. Gräser und Wildkräuter, später Sträucher und Bäume.

Treillage Laubengang, dessen Seitengitter als Rankhilfe für die ihn überwachsenden Pflanzen dienen.

Unterwuchs Bodennah wachsende, buschförmige Pflanzen unterhalb der Baumkronen, dadurch häufig von geringerem Lichtbedarf.

Erlesene Gärten und Parks

Das ganze Gartenreich
ISBN 3-928119-89-3 € 12,80
Softcover 216 Seiten

Deutschlands grüne Klassik
ISBN 3-928119-86-9 € 14,80
Softcover 224 Seiten

Lebensbetrachtungen
ISBN 3-928119-72-9 € 11,80
Hardcover 208 Seiten

Meditationen, Bilder, Visionen
ISBN 3-928119-95-8 € 9,80
Hardcover 108 Seiten

AUTOREN

Dr. Gottfried Wiedenmann, Privatdozent, Biologe und Umweltpädagoge beschäftigt sich seit vielen Jahren mit naturnahen Lebensräumen, die vom Menschen geschaffen wurden. In der Forschung und Lehre war er an verschiedenen Universitäten im In- und Ausland tätig, darunter Tübingen, Frankfurt, Berlin und Berkeley (USA). Auch als Verhaltensbiologe hat er schon immer gern über den Tellerrand seines Faches geschaut. Als Autor kann er auf etwa 50 wissenschaftliche und populäre Publikationen zurückblicken, darunter in den letzten Jahren verstärkt auf dem Gebiet der Umweltbildung.

Petra Derksen studierte an der Technischen Universität Berlin Landschaftsplanung und arbeitete danach in einem freien Gartenarchitekturbüro. Historische Parks und Gärten in Brandenburg lernte sie überwiegend in ihrer Freizeit kennen und konnte diese Kenntnisse in dem Projekt Garteninitiativen bei der deutschen Gesellschaft für Gartenkunst und Landschaftskultur e.V. einbringen. Mit einem bei der DGGL eingerichteten Arbeitskreis wurden zum Kulturlandjahr „Landschaft und Gärten 2004" Gartenrouten durch das Land Brandenburg entwickelt, die vor allem die weniger bekannten Anlagen umfassen.

Potsdam und Brandenburg kulturell

Der aktuelle Stadtführer. Ideal für den ersten Kurzbesuch in Potsdam
ISBN 3-928119-78-8 € 8,90

Auf den Spuren der Musiker und Komponisten durch Potsdam spazieren
ISBN 3-928119-91-5 € 12,80

Der Forscher, das Bauwerk und ihre Geschichte
ISBN 3-928119-98-2 € 17,80

Brandenburg aus ungewohnter Perspektive. Spektakuläre Luftaufnahmen und informative Texte kompetenter Autoren
ISBN 3-928119-88-5 € 14,80

L&H Verlag
Barnerstr. 14 22765 Hamburg
www.LH-Verlag.de

REGISTER

BILDNACHWEIS

Denkmale Glambeck e.V./Heimtrud Eichhorn 55
Petra Derksen 13 91 107 117 122
Familiengarten Eberswalde 64 67
Förderverein Schloss und Gutshof Börnicke e.V. 73 75
Anett Franz 71 78(2x)
Bernd Geller 68/69
Glashütte Annenwalde 47
Kerstin Götter 61 62
GWL Lenzen 31 32
Initiative Zernikow/Dieter Preuß 39
Initiative Zernikow/Dagmar Schlaugk 40l
Initiative Zernikow/Angela Hubrich 40r
Japanischer Bonsaigarten/Tilo Gragert 17 18
Andrea Mack 95
Rainer Meißle 2/3 20 33 158/159
Irene Mössinger 49 65 119 121
Projektgruppe Kleiner-Spreewald-Park 85
Hans Sonnenberg 102 103
Stiftung Stift Neuzelle 111
Hans-Peter Strauß 108/109
Peter Strzelczyk 53(2x) 58
Gottfried Wiedenmann 14 23 24 (2x) 35 36 87 96 100

Grund-Riss des Stifts und Closters Neu-Zelle in: Grund, C.L..; Bohrdt, C.A.: Neuzeller Atlas und die Beschreibung des Stiftsgebietes, Band 1, ohne Ortsangabe, 1756/59. Deutsche Staatsbibliothek Berlin" 106

Titel oben Hans-Peter Strauß
Titel unten Hans Sonnenberg

Rücktitel siehe jeweiligen Nachweis im Innenteil

IMPRESSUM

© Copyright L&H Verlag GmbH
Barnerstrasse 14
D-22765 Hamburg
Fon 040 398 34 290
Fax 040 398 34 299
kontakt@LH-Verlag.de
www.LH-Verlag.de

IDEE DGGL, Oliver Hoch Berlin
KONZEPT Wolfgang Henkel, L&H Verlag Hamburg
TEXTE & RECHERCHE Dr. Gottfried Wiedenmann und Petra Derksen
REDAKTION Wolfgang Henkel und Stefan Seufert, beide L&H Verlag
GESTALTUNG Wolfgang Henkel und Stefan Seufert
SATZ Stefan Seufert
PRODUKTION Grafisches Centrum Cuno, Calbe

Eine Veröffentlichung im Rahmen von Kulturland Brandenburg 2004 „Landschaft und Gärten", gefördert mit Mitteln der Bundesregierung, Beauftragte für Kultur und Medien und durch das Ministerium für Wissenschaft, Forschung und Kultur des Landes Brandenburg
Kulturland Brandenburg 2004 wurde gefördert durch den Fonds neue Länder der Kulturstiftung des Bundes
Mit freundlicher Unterstützung der brandenburgischen Sparkassen gemeinsam mit der Ostdeutschen Sparkassenstiftung im Land Brandenburg und der EMB Erdgas Mark Brandenburg

Alle Rechte beim L&H Verlag, Reproduktionen, Speicherungen in DV-Anlagen, Wiedergabe auf elektronischen, fotomechanischen, fotografischen oder anderen Wegen über Internet, TV, Funk oder als Vortrag – auch auszugsweise – nur mit ausdrücklicher schriftlicher Genehmigung des Verlages.

Alle in diesem Buch enthaltenen Angaben wurden von den Autoren und der Redaktion mit großer Sorgfalt geprüft, zusammengestellt, kontrolliert. Trotzdem kann es in Hinblick auf das Produkthaftungsrecht zu Fehlern kommen. Daher sind alle Angaben ohne Verpflichtung und Garantie der Autoren und des L&H Verlages zu sehen. Eine Verantwortung oder Haftung ist deshalb auszuschließen. Über Korrekturhinweise und Anregungen freuen wir uns.

Bibliografische Information der Deutschen Bibliothek
Die Deutsche Bibliothek verzeichnet diese Publikation in der Deutschen Nationalbibliografie; detaillierte bibliografische Daten sind im Internet über http://dnb.ddb.de abrufbar.

ISBN 3-928119-92-3
2005

»Grüne Perlen«
im Liniennetz des Regionalverkehrs Berlin/Brandenburg
(mit ausgewählten Bahnhöfen)

mit Bahn- bzw. S-Bahn-Anschluss

ohne Bahnanschluss (teilweise mit Busanschluss)

1 Potsdam, Privatgarten Hermann Göritz
2 Schwielow-See
3 Ferch, Der japanische Garten
4 Caputh, Der Altmann-Garten
5 Stahnsdorf, Der Wilmersdorfer Waldfriedhof
6 Lenzen, Naturlehrgarten
7 Fontane-Stadt Neuruppin
8 Neuruppin, Gutspark
9 Zernikow, Die Alleen
10 Annenwalde, Der „verlorene Park"
11 Naturerlebniszentrum Blumberger Mühle
12 Uckermark, Drei Parks mit Vergangenheit
13 Criewen, Der Parkgarten
14 Bad Freienwalde, Der Schau- und Lehrgarten „Haus der Naturpflege"
15 Eberswalde
16 Eberswalde, Familiengarten
17 Bernau
18 Bernau, Schlosspark Börnicke
19 Blumberg, Der Lennè-Park
20 Schöneiche bei Berlin, Kleiner Spreewald-Park
21 Wildau, Der Kurpark
22 Pätz, Schrobsdorff-Garten
23 Prieros
24 Prieros, Der Biogarten
25 Prieros, Botanischer Garten
26 Halbe, Der Waldfriedhof
27 Neuzelle, Die Klostergärten des Stifts
28 Cottbus, Der Spreeauenpark
29 Luckau, Stadtpark und Schlosspark
30 Gut Saathain, Der Rosengarten

RE1 — RegionalExpress-Linien

RB60 — RegionalBahn-Linien

Strecken anderer Eisenbahnverkehrsunternehmen

Schienenersatzverkehr

209.70 Tabellen-Nummer im Kursbuch